JN076347

# なぜ、生きているのかと考えてみるのが今かもしれない

辻仁成

あさ出版

第1章 ― 新型コロナがやって来た 003
第2章 ― 未曽有の危機へ立ち向かう 045
第3章 ― 体も心も疲れ果てた時だからこそ 113
第4章 ― 世界が落ち着きを取り戻すまでに ぼくたちが出来ること 193
第5章 ― アフターコロナの世界では 253
あとがき 286


本書は著者主宰のWebサイトマガジン「Design Stories」で連載中のコラムをもとに、大幅に加筆・改変したものです。

# 第 I 章

# 新型コロナがやって来た

某月某日、急な仕事のために日本入りしたが、とりあえず新型コロナも怖いし、普通にインフルエンザにも罹りたくないのでマスクを買いにコンビニに行ったら、おっと、どこにもない。そこで別のコンビニに行ってみるのだけれど、ない。ここでちょっと危機感が……走って周辺のコンビニを探し回ったのだけれど、見事に全滅であった。

※Design Storiesの東京のスタッフさんに電話をしたら、「買い置きしている分をお分けします」と言ってくれたので、とりあえず一安心。

渡日前に、「ないかもよ」と知人に言われていたけれど、ここまでだとは正直思っていなかった。

石油ショックの時、トイレットペーパーが買えなかったことを思い出した。外国の人たちが優秀な日本のマスクを買い漁り、そこが引き金となって、とりあえず新型コロナもどうなるか分からないし、買いだめしとかなきゃ、という心理が働いたのだろう。コンビニで働く中国人の店員さんに訊いたら

「注文しても在庫がないんです。２週間かかります」

と言われてしまった。

フランス人の仲間たちにマスクの爆買い特命を受けての来日だったが、どうやらお土産に出来

そうもない。やはり情報が見え難いせいもある。医療体制が整って、清潔な日常を心掛けている日本だから武漢のようなことにはならない気もするけれど、武漢で実際に何が起きているのか分からないだけにみんな不安なのである。それに中国の観光客さんたちが爆買いしているという……。封鎖された武漢の映像のインパクトは間違いなく世界中に衝撃をもたらせている。

人権を重んじるフランスでさえ起こり始めているアジア人への差別が心配だ。イタリアの名門音楽院が新型コロナの拡大を理由にアジア人の授業出席を禁止にした。世界各地からアジア系への辛辣な差別が始まっているというニュースがひっきりなしに届いている。欧米人には中国人、韓国人、日本人の区別が付かない（最近は本当に分からない）ので、アジア系＝とりあえず新型コロナの恐れ、のような図式が出来てしまっている。

※……著者が主宰するＷｅｂサイトマガジン

## Posted on 2020/02/04

某月某日、ぼくは東京、息子はパリ。ぼくが日本で仕事をしている最中、息子の咳が止まらなくなった。結局、息子と電話で話しをし、今日は大事を取って学校を休ませることにした。本人に確認をしたら

「まだちょっとだるい」

と呟いた。よっぽど消耗しているに違いない。試験期間中なので休むとかなり不利になる。なんとか早く治させて、火曜日からの試験には出させたい。ここまで一生懸命勉強をしてきたので、ここでテストを休むと、努力が無駄になるし、だからといって無理をさせて悪化させるわけにもいかない。悩むところだ。

咳は抗生物質で治まりつつあるのだけれど、拗(こじ)らせるといけないので、ぼくが東京から学校に連絡を入れることにした。ついでに旅行代理店にも「仕事を切り上げ、帰国を早めたいのだけれど乗変(じょうへん)(乗車変更のこと)出来るか」とメールをした。満席で変更は不可能、という連絡が午後に入った。近所に住むニコラのママが今日は息子の看病に立ち寄ってくれた。新型コロナのニュースが連日報道されているというのに、しかも、アジア人である日本人のぼくらの家に、他人の子供の様子を看に来てくれるだなんて。フランス人は優しい。

「昨日よりはずっと元気になっているのでもう大丈夫」

というメッセージが届いた。1週間分（ちょっと多め）の食事を作り置きし冷凍庫に入れておいたので食べるものには困らない。しかし、16歳と言えども、まだ子供、病気は心細いことだろう。こういう時にシングルは困る。しかも、新型コロナウイルスの感染拡大が懸念されている。ぼくが風邪を引いて機内で熱でも出したらパリに入れなくなるかもしれない。何が起こるのか予測の出来ない時代になった。空港でマスクは外せないので、もしかしたら、中国からの観光客と間違えられ、タクシーの乗車拒否を受けるかもしれない。普段なら考えられない様々な事態について頭を巡らせてしまう。


「試験に備えて部屋で勉強をしている」

と息子からメッセージが入った。

「今日だけはウィリアムやエルザとスカイプで話すのはやめとけ、喋ると喉によくないぞ」

「分かっているよ。だいたい、そんなに体力残ってないって」


夫婦という組織はよく出来ているな、とつくづく思う。ニコラのパパとママの間にはいろいろと問題があるようだが、でも、親が両方揃っているので子供たちは安心出来る。二人いると子育ての弱い部分を補い合える。シングルの人は家事や育児をやりながら、働かないとならないわけで、ぼくのように海外在住者だとさらに大変だ。

チビ助だった息子もぼくの身長を超えたので、これまでほど神経を使うこともなくなった。それでも、今回のようなことは起こる。フランスで生まれた息子はずっとここで教育を受けてきたので、きっと彼の中で、日本に戻る（そもそも日本から出発したわけじゃないので、戻るというのもおかしな話だが）という選択肢はないだろう。彼は日本が大好きだけれど、成人する時、フランスの国籍を選択するのが自然じゃないか、と想像する。残念とは思わないけれど、自分が育てた子がフランス人になったら、きっと驚くだろう。彼にはその権利があるので、その時まで悩んで自分で決断すればいい。親が勝手に選んだフランスで、自分が選んだわけじゃないのに日本人の親の元に生まれ落ちた。こういうのを運命というのかもしれない。

ずいぶんと前のことだけれど、

「パパだってフランス人になろうと思えばなれるんだよ」

と息子がぽつんと言ったことがあった。

「それはあり得ないでしょ。寂しいの？」

と返事をした。すると息子は苦笑し、

「そりゃあ、自分だけフランス人になるのは寂しいでしょ。僕は日本人なのに。だから、出来ればー緒にここで生きてほしい」

と……。

フランス人にならなくても、パリで死ぬことも出来るなぁ、とその時に思った。そういう責任はある。

芹沢光治良（せりざわこうじろう）の小説『巴里（パリ）に死す』（新潮社）を思い出してしまった。

## Posted on 2020/02/13

某月某日、冷凍庫に豚のひき肉があった。眺めていたら不意に豚まんを食べたくなった。結構、作るのが面倒くさいのだけれど、ぼくはたまにあえて面倒くさいことと向き合いたくなる。豚まんは手作りだとふわふわで物凄く美味(うま)いのが出来る。でも、それは手作りだからこそ味わえる醍醐味(だいごみ)でもある。その面倒くささを引き受ける時に人間は超越していくのだ。ぼくの料理の哲学は妥協しないということに尽きる。なので、まず、豚まんの皮作りから始めた。

ボウルに薄力粉とドライイーストとベーキングパウダーを入れる。お湯に牛乳を混ぜ、ぬるい牛乳水を作って、ボウルに注いでいく。よく手を洗ってから捏(こ)ねる。まとまってきたらサラダ油をちょっとずつ加え、さらにむんずむんず捏ねていくのだ。こういう面倒くさいことをしている時には余計なことを考えちゃいけない。寝起きの息子がやって来て

「今日は何？」

と言った。髪型がKポップのスターみたいだ。

「ふかふかの豚まんだよ」

「いいね」

「でも、ちょっと時間がかかるからそこにあるカップ麺でも食ってろ」

「は？」

と息子が笑った。

「じゃあ、最初からカップ麺でいいんじゃないの？」

一理あるなと思ったけれど、ぼくは豚まんが作りたい。ここでやめるわけにはいかないのである。

「で、何してんの？」

「豚まんの皮を作っているんだよ。生地（きじ）が滑（なめ）らかになるまで最低20分くらいは捏ねないとならない。どんな料理でも基礎をすっ飛ばすと不味（まず）くなる。大事なことは努力と辛抱だ。いいか、人生を舐（な）めるな。いついかなる時も努力をしろよ。手抜きはカップ麺の専売特許だけれど、カップ麺はカップ麺だ。人生は手を抜いたら、手抜きの人生が出来上がる。こうやって、人生の基礎を丁寧に築いておくと長持ちする」

「パパ、何言ってんの？　意味が分からないよ」

息子が笑い出した。Ｋポップの歌手みたいな流行（はや）りの髪型が気になって仕方ない。

ボウルに丸めた生地を一つ30ｇずつ小分けにし、丁寧に並べていく。

「どうだ、綺麗だろ」

と自慢をする。息子は丸椅子に腰掛け、黙ってぼくの作業を見ている。もう、笑っていない。

濡れ布巾(ぶきん)がなければクッキングペーパーを湿らせたものでもいいのだけれど、丸めた生地にかぶせ、ラップをして暖かいところに置いておく。

「見てみろ。豚まんなんぞ中華街で1ユーロ(約120円)で買える。でも、こうやって、パパが手作りをすることでお前に伝えたいことがある」

「それは何?」

「人生というものとの向き合い方だ」

息子が鼻で笑った。後頭部、刈り上げているのか? オリジナリティを放棄し、流行りを追い過ぎているところが気に入らない。

生地が発酵(はっこう)して、2倍くらいの大きさになるまでの間、待たないとならない。その間に「あん」を作る。

「これがさらに面倒くさいのだけれど、じゃあ、登山家はなぜ山に登ると思う?」

息子は呆(あき)れたのか、返事をしない。

中華食材店で買った瓶詰のタケノコを小さく角切りにし、予(あらかじ)め戻しておいた干し椎茸(しいたけ)と長ネギも同じような大きさに細かくカットする。生姜(しょうが)をすりおろしたら、豚のひき肉と一緒に全てボウルにぶちこみ、手際よく混ぜていく。

「パパはそういう面倒くさいことが好きだっていう自慢話？　でも、人生って楽していいんじゃないの？　豚まんとか、日本だとコンビニで買えるじゃん。誰もそんな面倒くさいことしないでしょ？」

「お前は分かっていない。登山家にしか分からない人生の醍醐味を、麓でぼけーっと見上げているだけの人間には伝えられないんだよ。お前が頂上に苦労して立った時に初めて分かる喜び、興奮、感動がある」

息子が笑った。

「ぼくは麓で見上げていたい。ほっといてくれよ」

ちょっと疲れたので、冷蔵庫からビールを取り出し、もう一つの丸椅子に腰掛け息子と向き合って飲んだ。プラスチック保存容器の中で生地が膨らみ始めている。

「見ろ。これが醍醐味だ」

「へー」

と息子が感心するように言った。いつもなら、すぐにいなくなる息子がなかなかキッチンから出て行かないので、

「どうした」

と訊いてみた。

「実は、ちょっと悩んでいることがある」

「そうだと思った。で、それは何？　新しい恋人でも出来たか？　二股がばれて、エルザに怒られたとか？」

「エルザとは、だから親友になった。別に恋人はいないし、今は必要ない。そういうことじゃないんだよ、パパ」

　そうか、エルザとはやはりそうだったのか。でも、そのことは突っ込まないことにした。

「この休み中に決めなければならない大事なことがある。でも、決められないから悩んでいる。相談に乗ってくれる？」


　膨らんだ生地を手に取り、真ん中を少し分厚く残して、周りの皮を薄く伸ばしていく。そこにあんを置き、包んでいくのだ。登山で言うならば七合目というところか。

「ほら、山頂が見えてきた。ここまで来ると、途端に料理が楽しくなる。人生も一緒だ」

　左手の掌（てのひら）に皮を置き、親指であんを押さえながらひだを作っていく。10～12のひだを作ったら最後はひだ全体をぎゅっと捻（ねじ）って、あんを包み込むようにして、生地を閉じる。この瞬間が最高なのだ。

「ひゅー」

と口笛を鳴らした。小さく切ったクッキングシートをあんを包んだ生地に敷き、蒸し器に入れる。沸騰したお湯の上に蒸し器をのせ、火をつける。

「山頂がそこにある。15分蒸したら、中華街の数倍は美味い豚まんが出来上がる。お前、どう思う。パパをバカに出来るか？　コツコツと努力する人間をくだらないと思うのか？」

Kポップのスターみたいな横顔で、息子が蒸し器をじっと見つめていた。ぼくは大変満足な顔で、息子の横にいた。

「で、君はいったい何について悩んでいるんだ？　君のくだらない悩みを聞かせてみろ」

## Posted on 2020/02/15

某月某日、世の中はバレンタインデーだったそうだが、ぼくはチョコレートを自分で買って食べた。思えばもうずっとバレンタインデーなど関係ない。なんとなく投げやり気味な1日でもあった。息子は友だちに呼び出されたとかで出掛けて行った。

「誰と遊ぶの?」

と訊いたら

「バレンタインデーだからさ」

と意味の分からないことを言い残した。食事の準備をしなくてよくなったので、ぼくはセーヌ川の川辺を散策することにした。揺れるセーヌ川の川面(かわも)を眺めながら、そこに人生を重ねてみる。

セーヌ川はずっと流れ続けている。こうやって多くの人が川面を見つめてきたことだろう。この川の近くで暮らすようになって、18年もの歳月が流れている。留まることのない川の流れに人生が重なる。輝く川面は一定にあらず。同じに見えるのだけれど、それは常に流れている。パリの街は18年前も今もほとんど変わらないけれど人間は川面のようなもので常に入れ替わっていく。百年前も、二百年前も、人々はこうやって川面を眺めては、そこに人生を重ねてきた。その流れは永遠だけれど、川面は瞬間瞬間で入れ替わっている。その流れは時に残酷であり、時に優しかった。時に冷徹(れいてつ)で、時に温かかった。時に非情で、時に寛大であった。ぼくは今日、有難いことに、ちょっと疲れている自分をその流れの中に見つけることが出来たのだ。一枚の葉が輝く川面を下って行く。鴨長明(かものちょうめい)の「ゆく河の流れは絶えずして、しかももとの水にあらず」を思い出した。

人付き合いに疲れるのはどこかで無理をしているからに他ならない。けれども仕事関係とか、友人関係とか、恋人関係とか、どの人付き合いも必ず無理を連れてくる。生きている限り、人付き合いに疲れるのは当然なのだ。誰とも会わないで生きて行くことは今のところ不可能だから、なるべく、プライベートでは、自分を他者に合わせないようにするのがいい。

自分が疲れていることに気がつかない人も多いので、日頃から自分は人付き合いに疲れていないか、と自問する必要もある。そういう時に川面を見つめるのが効果的かもしれない。人付き合いもこの川の流れと変わらない無常である。気にしてもしょうがないことばかりだから、流す、ことが大切だ。

「流す」という概念は人生に疲れないための鉄則だと思う。この大量の水の流れの一滴である人間に出来ることは、流れることを由(よし)として、その無常から心を逸(そ)らさずに、ひたひたと生きることかもしれない。気にせず、無理せず、流しつつ、流されつつ、人は流れていくのがいい。

ぼくは自分の中の流れが入れ替わったのを悟ってから静かに立ち上がった。振り返ると、そこに夕陽に染まるエッフェル塔が聳(そび)えていた。セーヌ川とエッフェル塔に人が魅了されるわけがその時にやっと分かった。

**Posted on 2020/02/15**

某月某日、家事や子育てを通してぼくが学んでいることは、ただ一つだ。親の権利を手渡され、子供と不意に向き合わなければならなくなったあの時、ぼくはそこに意味を見つけなければ続けられないと思っていた。意地になっていたのも事実だが、それだけでは子供は育てられないと思っていた。愛情を持っていないと続けられないわけだけれど、それだけでも続けられない、と思っていた。でも、そうじゃなかった。

寒い日の朝に、子供を起こし、着替えさせて、朝ご飯を食べさせ、学校まで送る。戻って片付けをして、自分の仕事をし、買い物、夕飯の準備、子供を迎えに行って、寝かしつけるまで、勉強をみたり、寂しい思いをさせないように話しをしたり、これは生半可な気持ちでは出来ないことの連続であった。

自分は志半ばだけれど、これまで好き勝手に生きてきたのだから、せめてこの子をしっかりと育てて世の中に送り出さなきゃ、となぜか思うようになった。そして、そういう日々の中でふと思うことがあった。なんでこんなことやらされているのだろう、と子供の下着を洗いながら思うこともあった。でも、それらは世のお母さんたちが毎日やっていることだった。自分を育てた母親がやっていたことだった。

ある日、研いでいる米や、畳んでいる洗濯物や、買い物に出掛けてスーパーの列に並んでいる時に、思うことがあった。これが生きるということじゃないのか、と。子供が寝た後、毎日、子供部屋を覗き(のぞ)に行く。うなされていないか、泣いていないか、パジャマをはだけさせて寝ていないか……。親の仕事はいくらでもあった。その一つ一つの生活の中に、ぼくは生きることの意味を嗅い(か)でいくようになる。これは、得難い(えがた)ことであった。自惚れ(うぬぼ)て生きていたら、きっと見つけ出せなかったことだと思う。

「顔付きが変わったね」

と昔の仲間に言われる。

「穏やかになっているよ」

と。こんなに厳しい生活の中にいるのに不思議なものである。苦しくて、大変で、逃げ出したいと思っているのに、穏やかになっているのだから。

負け惜しみじゃない。地道に生きている中で得られる喜びは、そうやって生きたことのある人にしか分からないものだと思う。こういう人生を与えて貰え(もら)たことはよかったのかもしれない。子供の日々の成長をじっくりと見つめることが出来た。逃げ出したいと思ったことは何度もあるが、やめたことはない。ただ一度も子育てをやめたことはない。生きることをやめたことがないように、である。

生きることは素晴らしいと思う。苦しいけれど、有難いことだ。どう生きるのか、ぼくは毎日、自分に言い聞かせている。次の電信柱まで歩いてみよう。そこまで行ったら、その次の電信柱までもうちょっと頑張って歩いてみよう、と。それは家の仕事がぼくに教えてくれたことなのだった。冷たい水で米を研ぎながら、美味しいご飯が炊き上がることを想像する毎日は、素晴らしいことだ。かさかさの手は、日々の証である。


今朝、16歳になった息子と二人で朝食を食べながら、ここまで二人でやってきた人生について語り合った。食べ終わった息子が食器を持って立ち上がり、

「パパはよく頑張ったよ。僕はね、そのことを忘れないし、いつか自分の子供たちに同じことを返すからね。それでいい？ それでいいよね」

と言った。ぼくは微笑みながら、小さく何度も頷（うなず）くのだった。

## Posted on 2020/02/19

某月某日、ぼくは食べることよりも料理をすることの方が好きだ。なぜ自分が料理をするのか、料理がどうしてこんなに好きなのか、についてあまり考えたことがなかった。ちなみに、今日はサラダ蕎麦と太巻きを作った。息子との味気ない二人暮らしの日々がもう何年も続いているが、起きて寝て起きて寝ての日々の中で必ず息子と顔を合わせるのが食事時なのである。心を貧しくさせないためにも食べることが豊かだと幸せになる。

もしも、ぼくが料理をしない人間だと仮定しよう。そうなると親子の食事時間はなんとも殺伐としたものになっていたことだろう。ぼくはもともと料理が好きだったけれど、シングルファーザーになって以降は特に食事にいちばん時間と情熱を注ぎ込むことになった。必死で美味しいものを作り続けてきた。なぜかと言えば、幸せを目指したからである。不幸を呼び寄せたくなかったからでもある。美味しいものを並べることで息子の心は和む。寂しくさせたくなかったのだ。美味しければ、笑顔が生まれる。不味ければ無口になる。当たり前のことだ。でも、最初から料理が上手だったわけじゃない。最初は誰だってへたくそなのだ。美味しいものを家族に食べさせたいという愛情を持ち続けることが上達のコツなのである。

毎日、意地でも美味しいものをテーブルに並べたかった。こうやって美味しいものを食べていれば、きっといつか幸せがやって来る、と息子に教えてやりたかった。本当に美味しいものとはお金がかかるものではない。ただ、愛情と手間暇だけは湯水のように使う必要がある。それを毎日、毎日続けることで、人間は絶対幸せになることが出来る、と信じて……。そして、そうやってぼくらは幸せになっていった。

不幸だと思うのなら、美味しいものを作ってみたらいいのである。実は誰だってちょっと頑張ればいい料理人になる。自分の家で美味しいものが作れればお金の節約にもなる。自分にとって美味しいものを作ることで自分なりの幸せが訪れる。ぼくらの家庭、世界でいちばん小さな辻家は今、とっても幸せである。美味しいからこそ、会話が弾み、笑顔が溢れる。

今日はどうしてか、太巻きを食べたいと思いついた。息子に言うと
「僕も食べたい」
と戻ってきた。よっしゃ、太巻きだと思って買い物に行った。野菜も食べたかったので蕎麦を茹で、梅とゴマ油と麺つゆであえ、大量のサラダ菜とあえた。葉っぱがたくさん入った和風のサラダ蕎麦と具のたくさん入った太巻きが完成した。太巻きはわざと大き目にカットした。一口でそれを頬張る時の満足感が最大マックスになるように……。

「美味いね」

と息子が唸(うな)った。その美味しいがきっかけになって、話しも弾む。美味しいことは人生を明るくする。それが自分で作ったものであればなおさらじゃないか。そうだ、ぼくは幸せになりたいから、料理をするのである。悲しいことを蹴散らすために、不幸を近づけないために、料理をするのだ。我々はもっと料理を愛すべきである。

「ああ、美味い、幸せだ！」

これに勝る幸せはない。

## Posted on 2020/02/19

某月某日、神戸市こども家庭センター、いわゆる児童相談所（児相）で、親から追い出された小6の女の子が深夜3時過ぎに保護を求めたというのに「警察に行って」とインターホン越しに追い返した児相の職員、あなた、何やってんの、と怒りが収まらない。なんでこういう応対が人間として出来るのか、と思う。一歩間違えていたら、大変なことが起きていた可能性もある。大人が子供に対して育児放棄したり、暴力を振るったり、無関心になったり、あげくは児相の職員が助けを求めてきた小6の女の子をインターホン越しに追い返す、世も末だ。この職員だけの問題じゃなく、児相や神戸市、或いはそもそもこの子の親とか、周囲の大人たちにも少しずつ問題がある、ということだろう。

確かに育児は難しいし、小6くらいの子の扱いは大変だと思う。親が大変なことは理解に難くない。でも、そういう時には子供と何かを一緒にするのがいい。子育てに不安を感じるならば、いい提案がある。子供が幼いうちに、一緒にキッチンに立ち、料理をしたらいいのだ。あえて危険な包丁とかナイフを持たせて、あえて肉や魚を切らせてみたらいい。ぼくは子育ての一環に料理を置いてきた。米の研ぎ方やたまご焼きの作り方などから教えた。包丁は危険だけれど、その危険具合をきちんと丁寧に教えた。もっとも子供は危険が好きなので、真剣になる。

真剣にさせるということも大事だ。火を使う料理も心配になるけれど、火のつけ方、消し方を子供は必死に覚えていく。ガスコンロを使いこなせるようになることで大きな達成感を子供は持つことが出来る。親がいない時には包丁もコンロも使っちゃダメだよ、と強く言い聞かせる。ルールが生まれる。これも大事である。

次第に、大人と子供の立場の違いも鮮明になってくる。子供は自分よりもいろいろと知っている人に興味を持つので、親子の関係も安定してくる。魚の切り身しか知らない子供が多い現代だからこそ、ぼくはあえて、幼い息子の目の前で魚を捌(さば)いてみせたことがあった。鶏肉を解体してみせたことがあった。その肉を切り、骨でダシを取った。あますところなく生き物を食べること。こういうことをきちんと教えることで子供は世の中のことを知っていく。料理くらい親子の絆を強くさせるものはないのだ。

最近はうちの子に代わって、たまに遊びに来る（逃げて来る）ニコラ君（9歳）にぼくは料理を教えている。一緒にピザを作ったり、スパゲティを作ったり、グラタンを作ったり、お菓子も作る。そうやって出来たものをみんなで食べる。

「はい、今日のシェフはニコラだよ」

というと拍手が起きる。子供は恥ずかしそうにしながらも自信をつけていく。こういうことがとっても大事なのである。

Posted on 2020/02/20

某月某日、ついにぼくの車が廃車になり、ぼくは新しい車をリースすることになった。車種も決まり、契約書にサインをしに行ったら、今朝読んだ日本の記事で取り上げられていた日本食店が、その目と鼻の先にあった。

『「コロナウイルス、出て行け」パリ近郊の日本食レストランに差別的な落書き。現地に住む人（日本人）「外出とりやめている」』

これは今日の日本の記事の書き出しである。へー、ここじゃん、と思った。外出とりやめ？なんで？　普通に毎日出歩いているし、誰が外出を控えているんだろう、と思った。ここは武漢でもないし、よっぽど、もしそういう在仏日本人がいるならば、相当に神経質な方に違いない。そんな在仏日本人いるかなぁ？　ちょっと大げさじゃないか、と日本の記事に噛み付いた。いつも、思うのだけれど、ちょっとデモがあると過激な部分だけを報道して、静かな行進に関しては触れない。まさに、読者を煽っている。マスコミは数字を求める前にきちんと検証し、真実を伝えるべきであろう。

実は「コロナウイルス、出ていけ」のような落書きはパリの中華街とかにもすでに出回っており、なんでこれが急にニュースになったのか、と驚いた。フランスのメディアが取り上げたのが、始まりだろうが、これを日本人が自分らのことを言われていると誤読してはならない。フランス人が日本人を差別しているぜ、という風に置き換えてはならない。これは本当に注意するべきことだ。

そもそも、先程の記事で取り上げられていた店の店構えは中華系の日本食店であること。働いているのも経営者も中国系の方々で、かなり組織化、チェーン化されたよくある店舗の一つだ。普通のフランス人ならここが中国人経営の店だとすぐに分かる。パリにある寿司屋の9割以上がこの手の系列店になり、もちろん、美味しい店もあるけれど、いわゆる修行した職人が握る寿司を提供する日本の寿司屋ではない。ぼくら在仏日本人は、SUSHIと寿司を区別している。当然、そこの従業員と周辺を縄張りにしている若い不良たちの間に揉め事もあるだろう。

「恨みを買った覚えはない」と店主はフランス語版の記事で語っていたけれど、正直、不良たちの不満のはけ口の一環であろう（最近、アジア人狩りが不良たちの間で流行っている）。一応、16区は高級地区と言われているが、ここはブローニュの森も近く、割と普通の通りに面した場所である。郊外なので、日本人が経営する和食店などはあまりない。この辺りに屯する不良たちの攻撃の的になった可能性がある。で、日本のメディアはこれを日本人へのヘイトと思っちゃいけないし、もう少し調べて書いた方がいい。こういう時節柄、そこだけが一人歩きするのは本当に危険である。

## Posted on 2020/02/22

某月某日、思わぬタイミングで雑な扱いを受けた。内容は書かないことにするけれど、相手は忙しいという理由でとっても大事なぼくの訴えに耳を貸さなかったばかりか、その流れの中でぼくの人間性を雑に扱った。

「ちょっと、君、それやっといてくれる。時間あるでしょ？」

みたいな感じだ。

ぼくのような還暦の人間でもあり得るのだから、もっと若い人たちは結構あるに違いない。職場とか、学校とか、家庭内とか、どこにでも起きそうな問題である。ないがしろにされ、舐められ、ぞんざいに扱われたなら、やるべきことはただ一つ。自身のプライドの名のもとに、その人間を意識の中から消去することだ。

離れられるのであればすぐに離れた方がいいけれど、会社とか学校だとそうもいかない。そういう時は自分を雑に扱う人間を視界からうっすらと消し去ってみるのがいい。まともに向き合っていくとこっちが壊れるので、ぼくは「消えろ」バリアを発動して、一旦視界から消している。この人は消しました、と思えば、ないがしろにされても、「消えている人だから関係ない」と被害が最小限で済む。このくらいのバリアを常に張り巡らしておかないと今のような時代は生きていくのが大変かもしれない。自分がいちばん偉いと思っている人間があまりに多い世の中なのだ。

なぜかしょっちゅう雑に扱われる場合は、自分にもちょっと問題があるのかもしれない、と思った方がいいかもしれない。愛想が良過ぎたり、すぐに自己否定してしまったり、みんなに好かれようとし過ぎたり、自分はダメだとかあの人には敵わないなどと思っていると、そういうところを突かれる。分かりやすい隙を作らないことである。そして、雑に扱う人間に負けないためには、その連中よりもさらに強いプライドを持つことだ。自分を守れるのは自分しかいないのだから、綺麗事は一度捨ててしまえ。雑に扱う人間に力で対抗出来ない立場にいるならば、そこを去る。去れないならば、とりあえず視界から消す。何か言われたら壊れたラジオくらいに思っておく。自分を尊重してくれる人間のところへいずれ移ってやるぞ、と思い続ける。移れるのであれば、すぐに行動に移そう。強くなるということはそういうことだと思う。

ぼくも何年か前に、プライドを捨てて雑に扱う相手に頭を下げるか、プライドを貫くか、で悩んだことがあった。ぼくはその時、迷わずに、それまで築き上げたキャリアのほとんどを捨ててプライドを選ぶことにした。しがみついているその場所だけが世界じゃないし、自分を評価してくれる人は絶対どこかにいる。だから、ぼくは媚びない自分を貫こう、と決めた。決めたら、簡単だった。なんでも決めちゃえばいいのだ。人間は自由なのだから……。

もちろん、多少の妥協というのか、大人の行動は必要なので、魂の根幹が否定されないのであれば、我慢も必要な場合がある。そこは最終的に自分で決めよう。自分で決められる人間になればいい。自分でどんどん決定出来る人間になったら、きっと雑に扱う人間なんて出てこないはずだ。

それでもあかん時には、消えろボタン、の発動である。

**Posted on 2020/02/27**

某月某日、家事に疲れた。シングルファーザーに疲れた。ぼくは（意外と）頑張り屋さんなので、時々、こうなる。周期的に鬱になる。これはぼくの一種のサイクルなのかもしれない。

「パパ、何もしないでいいから、今日は寝ていて。僕が帰ったら全部やるから」

そう言い残して、優しい息子は登校した。ぼくは息子の言葉に甘えて、ソファに倒れ込んでじっと窓の外を打ち付ける雨を見つめていた。コロナのニュースばかり追いかけていたせいで、気が滅入った。そりゃあ、滅入る。そして、何も食べていないことに気がついた。

このままじゃ、いけない。

携帯を消した。

人間、常に１００％の力で乗り切ることは出来ない。たまには現実逃避をしなきゃ、身が持たない。散らかった部屋は見ず、天井を暫く見上げていた。

こういう時、必ず作る料理があることを思い出した。それはポトフだ。野菜の旨味が疲弊しきった心に優しい。温かいので身体は温まる。そうだ、やる気を取り戻すためにポトフを作ればいいのだ。

着替えて、角の八百屋まで行き、新鮮なちりめんキャベツ、にんじん、蕪、ポワローネギ、たまねぎなどを買った。ポトフは本当に手間がかからない。野菜をカットして、鍋にぶっこみ、水を注いで、ブイヨンを一つ投げ入れ、ちょっと塩胡椒したら、火をつけるだけ。

注意点としては、まず、にんじんや蕪などの根菜は鍋の下の方に入れること。上にちりめんキャベツなどの軽い、崩れやすい野菜を敷き詰めること。煮崩れしないよう、それ以降はもう触っちゃいけない。ほっておくのがコツだ。タイムとかローリエがあればちょっと入れるとなおいい。野菜だけでも十分だが、冷蔵庫にソーセージがあったので、放り込んでおいた。

1時間もぐつぐつやれば勝手に出来上がっている。誰でも作れる上に、とっても美味しいのがポトフの素晴らしいところである。鍋の蓋を開けて、出来上がったポトフと対面するだけで、気分が上がる。

おお、美味そうじゃないか！

お皿に綺麗に盛り付け、食べる。

あまりの純朴な美味しさに、やる気が復活してくる。人間、やっぱり食べることは大事だ。出来立てのポトフはスープからすすって貰いたい。五臓六腑に旨味が染み渡る。

これだ。

美味しいと身体が素直に喜ぶ。細胞が動き始めるのが分かる。

粒マスタードで食べるとこれがまた美味い。ぼくはキッチンの丸椅子に座り、ポトフを頬張った。神様からのギフトだと思った。

よし、元気が出た。

実はポトフはこのまま1日放置しておくと、翌日、野菜に味が染みて、さらに美味しくなる。何もする気が起きない時に、作る一品としては最高に重宝する料理でもある。

天才ポトフに父ちゃんは助けられた。

## Posted on 2020/02/28

某月某日、昨日の日記で書いた通り、このところぼくはシングルファーザー生活に疲れ気味だ。洗濯物は溜まり、汚れた食器は山積み、家は荒れ放題。このままではいけないのは分かり切っている。文芸誌に４００枚を超える長編小説をこの春に発表予定だが、集中して仕事が出来なくなった。

そこで、友人の編集者ステファンに電話して夏にも宿泊させて貰った彼の田舎の家を、３〜４日貸して貰えないか、と頼み込んだ。作家はいつも家にいて、壁に向かっての終わりのないテレワーク。ずっと家にいるのだ。その上、ぼくはシングルファーザー、家事や子育てと仕事を同時にやらないとならない。時に、環境を変えることはとっても大事なことである。

「いいけど、ヒトナリ、２月だよ。雪が降るかもしれないという予報だ、いいの？」

「小説を書くだけだから、雪でも嵐でも構わないんだ」

「君の息子さんは？」

「あの子は大丈夫。もう16歳だからね。自分でなんでも出来る」

「鍵は玄関前のオリーブの植木鉢の下、分かる？」

「ああ、分かるよ、ありがとう」

ということでぼくは荷物をまとめ、息子と夜ご飯を食べた後、20時過ぎに、一人、パリを離れ

た。息子はぼくが疲れ気味なのを知っているので、

「もちろん、行った方がいいよ」

と同意してくれた。

こんな時間に高速を走るのは初めてのことだった。道は暗く狭い。GPSがぼくをステファンの家まで連れて行ってくれる。前を向いて運転するだけだった。パリから2時間、長いトンネルを抜けるような時間旅行となった。

ノルマンディーのヴィレルヴィル[※]にあるステファンの田舎の家に到着した。風が物凄く強く、来る途中、大木が倒れて道を塞いでいた。雨も強く、寂しい世界が続いていた。それでも、ぼくは気分を変えたい。こういう時に小さな旅は自分を保つためにとってもいい。ぼくは自分のことをよく知っている。海を見ることが出来れば必ずぼくの心は落ち着くはずだった。そこで集中して小説に浸(ひた)ることが出来れば、創作の流れは摑めるはずだ。流れさえ摑めれば、きっとぼくは復活することが出来る。ぼくら人間は誰もがいつもギリギリの世界で生きている。タイトロープ（細い綱）の上を歩いているのだ。

夜中だったが、スニーカーに履(は)き替えて、真夜中の2月の海の波打ち際までまっすぐに歩い

た。強い風と波だったが、ぼくは波打ち際で手を広げ、夜と向かい合った。深呼吸をし、自分を取り戻すことに集中した。一瞬だけ、世界のことや、周辺のことを忘れ、ひたすら自分と向かい合った。自分を取り戻すのだ。自分を取り戻さなければならない。

冬の家は冷たかった。ぼくは暖房をつけ、お湯を沸かしコーヒーを淹れ、ベッドメイキングをして、ステファンの家を生き返らせた。真夜中のコーヒーのなんと、美味しかったことか。息子にSMSを入れてから、パソコンをセットし、まず、この日記を書くことにした。

物凄い静寂の中にいた。

地の果てにいるような静寂が心地よかった。波と風の音が微かに聞こえてくるだけだった。

音楽も車の音も人の声も何も聞こえなかった。いつもとは違う環境にいた。

それから書きかけの小説を頭から読み直した。

ぼくの意識は冴え冴えとし始めた。すると不思議なことに物語が動き出した。それは作家にとって、とっても大事なことでもある。静寂の中、動き出した物語の中へとぼくは潜り込んだ。

※……フランス北西部の海沿いに位置する町

## Posted on 2020/02/29

某月某日、夜中に物凄い雨音で起こされた。ノルマンディの海岸線沿いの崖縁に立つステファンの家のゲストルームは、建て増しされた安普請の部屋だからか、風が吹く度にガタガタと凄い音がする。パソコンを開いて、書きかけの小説を頭から最後までもう一度読んでみた。コーヒーを淹れ、猫舌なのですすった。息子からＳＭＳが届いていた。

「日本風のオムレツを作って食べたよ。パパもちゃんと元気になるものを食べるように」

と書かれてあった。写真が添えられていた。ほ〜、美味そうじゃないか。もう、ぼくがいなくてもやっていけるな。それにしても、日本風オムレツって⁇ たまご焼きのこと?


夜が明けるまで小説の推敲をし、明け切ったところで、たぶん、朝の9時過ぎだったと思うが、外に出た。海まで歩いてみようと思った。家を出ると、物凄い風で、吹き飛ばされそうになった。小雨が降っていたが、傘など差せる状態じゃない。帽子を手で押さえ、坂道を下り、浜辺に出た。向かい風に目を細め、ポケットに手を入れて前傾姿勢で、とにかくひたすら波打ち際を目指して歩いた。穏やかな時は家族連れで賑わう海岸線だが、ひとたび時化ると手が付けられない。打ち付ける風、横殴りの雨、呼吸が出来ないし、目が開かない。カモメたちはどこにいるのだろう、と思った。空も海も何もかもが荒れている。５分ほど海と対峙してから戻ることにした。

　国道沿いに出ている魚介市場に寄って、アサリを買った。時化っていなければアサリを波打ち際で探そうと思っていたのだけれど、とても無理であった。カモメが集まっている砂地の下にアサリはだいたい潜んでいる。でもカモメがいない。

　魚介屋を覗いたがちょっとしかアサリがなかった。この時期の牡蠣はかなり小粒なので、やっぱりアサリが食べたかった。

「凄い風だね」

　と店主に言うと、

「4週間もこの状態だ、とっても珍しいことだよ、だからね、ちょっと高いよ」

と言われた。ひとつかみのアサリが10ユーロ（約1200円）もしたので驚いてしまった。

「マジ？」

「不漁なんだよ」

「なるほど。仕方ないね。じゃあ、ついでに牡蠣も少し」

牡蠣はとれたて6個で6ユーロ（約720円）であった。

冬のノルマンディーは誰にも会わない。寒いし、冷たいし、暗いので、みんな家から出ないのだ。でも、小説と向かい合うにはちょうどいい。パリにいると飲みに出たくなるが、ここは創作と向き合うのにちょうどいい。この暗さがたまらない。丘を越えた向こう側のトゥルーヴィル[※1]には[※2]マルグリット・デュラスが住んでいた家もある。寒くて暗い。作家には最適な場所なのかもしれない。

ぼくは会社員を経験したことがないので、会社に行って仕事をするということがどんなことかあまり分からない。ずっと一人で籠(こも)って仕事をしてきた。音楽をやる時はスタッフがいるから楽しいけれど、最近は弾き語りばかりだから、めっちゃ家内制手工業(かないせいしゅこうぎょう)、一人文化部なのである。でも、一人が自分には合っている。部屋に戻ったら、あまりに暖かかったので、嬉しくなった。それで、アサリのワイン蒸しを作って昼ご飯とした。

「ヒトナリ、地下室にワインがあるから、飲んでくれ」

午後、ステファンから電話があった。

「ありがとう。でも、仕事をしに来たから必要ないよ」

「どんなの書いているの？」

「大人の話だよ。もう、いい大人たちの話なんだ」

「へ～、それはいいね。今時の作家はみんな主人公を若く設定したがるからね」

「ま、もうぼくも若くないし、若くない人間が何を考えているのか、という話」

「それ読んでみたい。小説家って、確かに特殊で面白い職業だよね。孤独かい？」

「ぼくは孤独が好きだからね、特に苦じゃないよ。こうやって海を見ているのが好きだ」

「よかった。そこがお役に立ったみたいで」

「うん、でも、実は今夜帰ろうかな、と思っている」

「え？　昨日来たばかりじゃない。もっとゆっくりしていけばいいのに」

「なんかね、息子が作ったオムレツの写真を見たら、家に帰りたくなった」

　ステファンの笑い声が鼓膜(こまく)をひっかいた。

「なるほど、孤独好きはどうした？」

　ぼくらは笑い合った。海を見たら、心が落ち着いたので、それから、一段落するまで小説を書いて、ぼくは深夜にまた暴風雨の中、パリへ戻ることにした。こういうちょっと無駄な行動が好きなのかもしれない。

※1……フランス北部の海岸に位置する町
※2……フランスの小説家・脚本家・映画監督

## Posted on 2020/02/29

某月某日、人を好きになるのは人間の専売特許だが、好きになることがぼくら人間を苦しめたりもする。勝手に一人で好きになるだけで満足出来るのであればいいけれど、ここには必ず相手が登場するので、人間関係の難しさに悩むことになる。まず、はっきりと言えるのは、愛情を注いでも何も戻ってこない相手というのは、間違いなくあなたのことが眼中にない人なので、愛が欲しいのであれば、もう諦めて（可能ならば）離れるべきかもしれない。可能じゃない関係ならば、疲れ切るほど、心を向けなくてもいいだろう。そうじゃないと、ボロボロになってしまう……。

片思いでいいんです、というのは別である。片思いならぼくは何も言わない。ちなみにぼくは、たとえば息子などには「無償の愛」だと決めているので、これも気楽である。要は人間というのは見返りが欲しい。自分があげたものに負けない何かお返しが欲しい。これをしてあげます、と人が言う時は、見合うものが欲しいということだと理解しておけばいい。思いをあげるから、見合う思いが欲しい。それを間違えて「愛」と定義してしまうからややこしい。片思いでいいんです、というのなら何も問題は生じないのだ。

むしろ、片思いって素晴らしいと思う。執着もないので、広い愛を感じる。ぼくは片思いをしている人が好きだ。片思いが出来る人が羨ましいと思うことさえある。人間はモノじゃないので、誰かを支配、所有することは出来ない。支配した気になってる人もいるけれど、これは大いなる勘違い。

でも、夫婦だったり、恋人と決め付けている関係の場合、双方向じゃないとダメだとなってしまうのが厄介である。人間、みんな個体差があるので、愛し方も、愛の持続の仕方も、愛の温度差も、愛の距離感も、ばらばらで同じ人はいない。「私がこんなに愛しているのに」と言いたくなるのは分かるけれど、自分が思い続けているほどに、相手が自分のことを思い続けているとは限らない。この損得の関係を相手に強制してしまいたくなるのも分かるけれど、その時に、何も跳ね返ってこないのであれば、諦めた方がいい。これを続けると人間が壊れる。「お前のことこんなに思っているのに！」というのは悲しい結末を生んでしまう。

「あえて今、冷静と情熱のあいだが、ちょうどいい」

ぼくが以前書いた『冷静と情熱のあいだ』（KADOKAWA）という小説のタイトルは時を超えて未だに、いや、今だからこそ、なるほどね、と個人的には思わされる何かがある。人間はみんなこの二つの感情の間でバランスを保っているのだと思う。苦しくなってしまうのはどっちかに気持ちが大きく傾いてしまうからであろう。人間はきっと綱渡りをしているのだ。こっちの岸からあっちの岸までぴんと張られた一本のタイトロープの上を。そう、みんな、毎日、バランスを取りながら歩いている。大事なことは壊れずに渡り切ることだ。渡り切るまでが一生なのかもしれない。その時、すぐ隣のロープを渡っていた人がいたのであれば、その人に励まされて渡り切ることが出来たのであれば、それを愛と呼べばいいのじゃないか、と思う。気付くか気付かないかは、あなた次第かもしれない。

# 第2章

# 未曽有の危機へ立ち向かう

## Posted on 2020/03/01

某月某日、夜中、車を走らせ、ちょうど夜明けと同時にパリに辿り着いた。息子が起きる前に朝ご飯を作ってやろうと思ったら、土曜日、学校は休みだった。朝ご飯を作りかけていたが、やめて、シャワーを浴びた。一泊二日のノルマンディの旅だったけれど、いい気分転換になった。なんでもいいからぼくは気分を変えたかったのだと思う。そういう時は海を見に行くのがいちばんいい。苦しくなったら誰もいない海に行け。人間が戻る場所だからだ。

行きつけのカフェに顔を出し、コーヒーを飲んでから、近くのスーパーで買い物をした。週末に親子二人が食べる食材、骨付きチキンが安かったので、買った。ぼくは別に何も食べたくないのだ。ぼく一人だったらカップ麺で十分。ぼくは自分のためにあまり手の込んだ料理をしない。ずっと家族のために料理をしてきた。気の長いマラソンのようなもので、ゴールは見えないし、栄冠もない。たまねぎを切っている時、涙が出る。どさくさに紛れて、わざと泣き真似をしたりしている。今日は、プロヴァンス風のチキン煮込みにした。レシピ連載をweb週刊誌で担当しているが、自分はレシピを見ることはない。それだけ長く生きたし、それだけ料理をしてきたからだろう。うちの息子は残さず食べてくれる。もしも、ぼくに皆勤賞というものがあれば、空っぽの皿がそのメダルみたいなものかもしれない。

「最近、どうなの？」

ぼくはチキンを頬張りながら、息子に訊いた。

「普通だよ」

「コロナウイルスのことで差別とかあるの？」

「ないよ」

「コロナのせいで嫌な思いとかした？」

「ないよ」

「何にもないの？」

「フランスの感染者が１００人を超えた。数日前までゼロだったのに。パンデミックだね」

「ＷＨＯのせいだ」

「クラスメイトでイタリアに行った子が一人隔離されたんだけれど、病院で検査したら陰性だったので明日戻ってくる」

「それ、美味いか？」

「うん、美味しいよ」

この会話、ＳＦ小説みたいだな、と思った。これが世界中の家庭で今なされている会話なのである。１月には想像もしなかった事態だけれど、それでも世界が動いていることが不思議でならない。

　夜、夕飯の準備をしていたら、息子がやって来て、

「パパ、イヴァンたちとマックに行くけれど、ごめん、作ってるね」

　と言った。

「これ、明日でもいいよ」

　とぼくは言った。息子が遊びに出掛けたので、ぼくは友人のロマンのバーに一杯ひっかけに出掛けた。ロマンが思いつきでぼくに作ったウイスキーとパイナップルのカクテルを飲んだ。強過ぎる。

「ロマン、最近、どう？」

「いつも通りだよ」

「コロナウイルスの感染者がイタリアで１０００人超えたってよ」

「やばいね」

「気をつけていることとかあるの？　アルコール消毒とか」

「ツジ、俺たち毎日アルコール売っているんだよ。気をつけて売っているよ」

　ぼくらは笑い合った。

「これ、なんてカクテル、強過ぎる」

「馬鹿（ベティーズ）という名前を付けた」

ぼくは酔っぱらった。パリの嫌いなところは海がないことだ。ぼくは海が見たい。でも、ここには波打ち際も、飛び交うカモメも、曖昧な水平線もない。ぼくはカクテルを飲み干して、

「ロマン、お会計」

と言った。酔うと三半規管のバランスが崩れ、波の上にいるような気分になる。ノルマンディの灰色の海を思い出した。

「いいよ、ツジ、なんか君は疲れている。それは僕からの奢りだ」

## Posted on 2020/03/04

某月某日、少し前のことだけれど、とあるパリの知り合いが、

「あいつが、ツジの悪口を言っていたぞ」

と言った。本当に、こういうことを面白おかしく言ってくる人間が後を絶たない。ぼくは脇が甘いからか、こういうことを結構な頻度で言われてしまう。もっともこういうおせっかいをする輩(やから)は、ここパリだと日本人だけ、フランス人は陰口とか告げ口はしない。フランス人は面と向かって悪口を言ってくる。日仏の違いだ。フランス人は人が揉めていてもそこに立ち入ることはしない。でも、日本人、特におやじは軽い。悪気がないから、始末に負えない。告げ口する連中は、ぼくの悪口を言っている阿呆(あほう)よりも、もっと質(たち)が悪いことに気がついてない。実はぼくが許せないのはこういう輩だ。世界から争いが消えないのはこういう伝書鳩の仕業なのだ。

「ちっちぇーな、お前」

とぼくは低い声で言った。こういう芝居が得意だ。もしかしたら役者に向いているかもしれない。そいつの好奇に満ちた目が面白がってぼくの心を覗き込んできたので、

「お前のその告げ口する軽口が気に入らないんだよ」

と言ってやった。すると、その告げ口男はようやく黙った。

人間の魂の部分に火をつけるような中途半端な告げ口とか陰口とかは言わない方がいい。人を本気で怒らせちゃダメだ。軽口を叩く人間がこの世界でいちばん愚か者である。

誰にも負けないと思うことが強くなるいちばんの方法である。そもそも、まともに生きている自分が、誰かに負けるはずがない。負けたと思う人間は実は他でもない自分に負けているのだ。告げ口男にはっきりと言い、そいつが視線を逸らしたので、そこまでにした。人間、死ぬ時はあの世に何も持っていけないんだよ、つまり、失うものなんかないんだ。恥もない。恥ずかしいと思うのはしがみついているからだ。

その後、その場にいた少し若い子が、

「辻さんって怖いもの知らずなんですね、見た目と違って」

と言った。ぼくが笑うとその子が、

「苦しいんです」

と打ち明けてきた。

「何が？」

と訊いたら

「戦うのが」

と言った。

「戦い方を教えてください。この世界、生き難いんです。逃げたいんです」

おいおい、いきなり打ち明けるなよ。ぼくは噴(ふ)き出してしまった。

前はよく「苦しければ逃げな」と言っていたけれど、実際の世界だとそう簡単には逃げられない。逃げろと言うのがだんだん無責任に思えるようになってきた。じゃあ、戦えと言えるかというとそれが出来るならば苦労はしません、ということになる。だから、「とりあえず逃げて、態勢整えてから反撃すりゃいいじゃん」と言うようにしている。でも、実はこれも完璧なアンサーじゃない。逃げなくてもいいし、戦わなくてもいいやり方があるのじゃないか。

そもそも悪いことをしていないのになんで逃げなきゃならないの？　逃げることに後ろめたさもある。苦しければ逃げろ、逃げていいんだって、甘えとか責任放棄に繋がらないか、と思ってしまう。それに逃げるって負けてしまってることを認めちゃうことだから、逃げれば済むというわけじゃない。理屈を言うつもりはないが、逃げろと言われて逃げる人っているのかな？　気が楽になるだけで、実際は逃げられない現実ばかりなんだよ、人間界は。

「それは逃げろというのじゃなく、そこが戦う土俵じゃないということでよくないか。ぼくは逃げたくないし、戦いたくもない、でよくないか。そもそも逃げるとかじゃなくて、そういう世界に関わりたくないし、ちゃんと線を引いておくということで十分じゃないか」

とその子に言っておいた。

全てと勝負しなきゃならないなんてことはないんだし。ともかく、自分を追い込む必要はない。勝たなきゃいけないこともない。ぼくはずうずうしく、居直ることにしている。

「いいかい。自分に負けなければ誰にも負けないのだよ。ぼくは誰からも逃げたことがないし、だから、誰からも負けたことがないんだ」

いや、もしかすると誰かにコテンパンに負けているのかもしれないけれど、負けを認めないし、そもそも負けに気付かないので、結局は負けたことにはならない。こういう勝ち方もあるんだ、と言ったら、その子が笑いだした。よし、それでよい。

「戦わずして勝つ辻式サムライの鉄則だよ」

と言っておいた。

Posted on 2020/03/05

某月某日、今、この瞬間、この日記を読んでいる人は生きている。死んだ人はこの日記を現世で読むことが出来ないので、これを読んでいる人間は全員、たぶん、今現在生きている人たちということになる。もう少し厳密に言うならば生まれてきた時の記憶をはっきりと持っている人はいないし、誰一人死んだ経験を持っていないので、人間であるならば、誰も死後の世界を正確に定義出来る人はいない。つまり、それが人間と言うことが出来る。

生まれた瞬間の記憶を持たず、まだ死んだ経験がないのがぼくであり、あなたなのである。実は、ぼくはそれでいいと思うようになった。どこから来て、どこへ行くのか、ということを考えることに疲れてしまい、最近は、もともとどこからも来ていないし、どこへも行かない、と思い始めた。なぜなら、ぼくは在ることの中に最初からいたし、在ること以外のことのために生きても仕方がない、と気がついた人間なのである。資産家の人のように月に行きたいと思うこともない。月は見上げている方が圧倒的に美しいし、月とは行く場所じゃなくて想うものだからだ。その美を壊す必要性をぼくは全く感じない。

ぼくは腕時計をしないけれど、ぼくの机の上には昔買った腕時計が置いてある。ちなみに一日惚れで買ったのだけれど、それは短針しかついてない腕時計だった。時間に追いかけられないというのは素敵だなと思って買った。しかもほったらかしているうちに動かなくなったこの長針のない腕時計は、ぼくにとっては価値が出て、素晴らしい芸術品になった。

もしかするといちばん人間らしさを押し付けてくるものが時計じゃないか。だから、ぼくは腕時計をしないのかもしれない。でも、この腕時計という装置の定義がとってもシュールなので、たまに美術品を求めるように買ってしまう。その結果、ぼくの部屋の書棚の一角に「時間博物館」というものが出来てしまった。時計や腕時計の墓場なのだけれど、眺めていると安心する。というのは、人間は時間を過去から未来へと流れていく不可逆的なものと決め付けてきた。ところが最近、ぼくはそうじゃない、と気がついた。

物心が付いた頃から、この時間に支配されないことが大事だと思って生きてきた。だから、時間に抗うのがぼくの基本姿勢でもある。ぼくは仕事の合間に机の上の腕時計を手に取って短針を眺めたりする。長針が最初から付いていないという発想が神がかっていないか。

そして、ぼくは人間界でいうところの60年もの歳月を生きたのだけれど、最近、大発明をすることになる。時間は尺度じゃなかった。和解なんです。

時間というものは人間が人間という生涯を生きる上で、その過酷な運命と折り合うために必要な哲学なのだ、と悟った。ぼくらは誰かが決めた時間という尺度に従って生きているが、これは地球が丸いという固定概念に似ている。丸くていいのだけれど、地球は丸いと自分の目で見て確かめもしないで決めつける人間ばかりなのが驚く。

「なんで、そう思うの?」

「だって、そう習ったから……」

ま、どうでもいいことだけれど、つまりは、そういう理由で、ぼくはどこから来て、どこへ行くのか、という愚かな問いを捨てることになった。

ぼくにとって大事なことは、息子の毎日のご飯を作ることだったり、ギターをつま弾くことだったり、買い物に行って献立を考えることだったりする。コロナウイルスからどうやって身を守ろうかと悩んだり、子供たちが犠牲になったり虐待されていると腹を立てたりしている。眠れない夜に死ぬほど寝返りをうったり、目覚まし時計に叩き起こされ、眠い目を擦りながら息子のためにサンドウィッチを作ったりしている。だから、こうやって駄文を書きつつ、その視線の先に動かない腕時計があるとホッとするのだ。

ぼくがあまりに時間を無下にするものだから、友人の時計屋に、

「辻さん、ならばいつか、うちで針の無い腕時計を作りませんか」
と言われたことがあった。それは面白い。

人間とはなんぞや。

## Posted on 2020/03/06

某月某日、朝、ドアの閉まる音で目が覚めた。息子が登校をした。この子は本当に手がかからない。高校生になってから、彼は自分で起きて、準備をやり、毎朝7時43分に家を出る。寝る前にサンドウィッチを作ってキッチンに置いておくこともあるが、調子のよくない時は何もしない。今日は何もしなかった。息子は自分で朝食を作り、食べて、登校したようだ。それが日常の始まりである。

布団の中で、ぼくはまず、ネットのニュースに目を通す。寝ている間に、世界で何が起こっていたのかを知るために。新型コロナによるイタリアの死者が100人を超えていた。毎日、驚くような、今まで経験したことのない出来事が次から次に起きている。いろいろと想像をしてみるのだけれど、ちょっと麻痺し始めているかもしれない。不謹慎だと思うのだが、増えていく感染者の数が頭に入らなくなった。ひと月前と何かが異なっている。でも、ぼくの日常は同じなのだ。息子は大雨だというのに、傘を持たずに学校に行った。あいつ、風邪を引くじゃないか、と思った。

コーヒーを淹れて、仕事場に行き、パソコンを開いて、仕事関係のメールを読んだ。夏にちょっとした仕事の依頼。新型コロナの感染が拡大しているのに……。将来のことを考える余裕もなければ、長期的なビジョンを持って、新たな仕事と向かい合うことも難しかった。物凄い勢いで世界が動いていて、その世界をどうやって捕まえ、どう世界と対峙していくべきか、それが分からない。でも、だからこそ、ぼくは息子の父親でいなければ、と思った。そうだ、どういうことが待ち受けているとしても、ぼくは16歳の息子の父親として、この日々を乗り越えていくしかない。

蕎麦を茹で、少し胃に入れた後、午後、気分を変えるために、ぼくは傘を差して散歩に出掛けた。歩きながらいろいろと頭の整理をしたかった。こういう時は余計なことは考えず、気分が落ち着くまで歩くのがいい。途中で雨があがり、傘を畳んで、流れていく雲を見上げた。すると、まもなく、光が差してきた。冬の木々が広がり、綺麗な光景であった。あんなに雨が降っていたのに、物凄い勢いで雲が割れ、まばゆくて、不思議な気持ちになった。

濡れていたベンチの水滴を手で払い、ぼくはそこに座った。携帯を開いた。フランスのニュースサイトの速報がいろいろと入っていた。感染者数が400人を超えていた。パリのメトロで働いている人からも感染者が出ていた。ぼくは腕組みをして目の前に広がる景色に視線を戻した。生き抜くぞ、となぜか思った。ぼくに出来ることは家事、子育て、家回りのこと、買い物をすること、食事を作ること、そして、フィクションよりも凄まじい時代だけれど、小説の続きを書くことだ。それから、少しでも安い食材を探すこと、とにかく安いけれど美味しいワインを手に入れること、無駄遣いをしないこと。ぼくはタバコを吸わないいし、外食はあまりしないいし、贅沢に興味がないので、もともとお金があまりかからない。それが生きることの基本だった。米を研ぎ、美味しい食事を世界一小さな家族のために作ること、それでいいじゃないか、と思った。

息子には手洗いを徹底させ、後はいつも通りたくさん笑って生きていくのがいい。

毎日、少しずつ、新型コロナのことが分かってきた。ひと月ほど前は何にも分からず、目隠しをされて歩けと言われているような感じだった。感染者数が増えても、自分はこうやって日常を生きていくことしか出来ない、と悟るようになってきた。自分のスタンスを決めて、その範囲の中で、生きることしか出来なかった。日常は変えられないし、止められないのだから、恐れ過ぎず、好きな音楽でも聴きながら、美味しいものを作って、いつもよりもたくさん笑い合って、語り合って、息子とのんびり生きていこう、と改めて決めた。そして、公園の真ん中で、深呼吸をした。

Posted on 2020/03/09

某月某日、ぼくは時々自分を追い込み過ぎるきらいがある。仕事の鬼なので締め切りに遅れるなんてことは許さないし、朝から晩まで何か創作（仕事）していないと気が済まないワーカホリックな性格で、その上に、家事と子育てに関してむきになっているものだから、本当に厄介なのである。

日本ではコロナ疎開という言葉が流行りつつあるようだけれど、パリで暮らしているぼくには親戚もおらず、ちょっと子供を預けるということが出来ない。家事、子育て、仕事がセットなので、実はここ数年休みらしい休みを取ったことがない。なので1年に一度、線が切れるような感じで心のブレーカーが落ちてしまう。先々週のノルマンディ逃避行などがいい例である。それでも日記とかツイートはその期間でさえも続けているのだから、自分に呆れ返る。仮にぼくのSNS発信が2日続けてない時は何かがあったということかもしれない。

ノルマンディー逃避行も、一泊したらもうパリに帰り、息子に呆れられて、しかも即座に年中無休の生活に戻っていたのだから、心とどうやって折り合っていくのかが、ここのところのぼくの個人的課題でもある。

思い返せば、不意に息子と二人きりで生活しなければならなくなった時、ぼくは「死にたいなぁ」と初めて思った。死なないで済んだのはきっと息子を預けられる人が周囲にいなかったからだろう。子供を見捨てられないという意地が死にたいという気持ちを抑え込んだ。今は、こうやってSNSで思いを吐き出せるようになったので、ずいぶんと楽になった。そうだ、そういう意味でSNSはぼくにとって、気分を変えたり、楽になるためのツールと言えるかもしれない。

しかし、やり過ぎると毒にもなるので1日の半分は携帯をなるべく見ないようにしている。今朝、起きたら携帯画面に、週間レポートというのが……。「あなたは前日よりも25%携帯から離れていました」と嬉しい知らせであった。

ここのところの新型コロナウイルスの流行が、これまでにはない形でぼくの精神面を疲弊させている。コロナ過労とかコロナ鬱とかぼくは呼んでいるけれど、コロナの拡大が日仏の行き来の多いぼくに、様々な面で影響を及ぼし始めているのだ。

この問題に関して個人が頑張って見つけ出せる出口はないかもしれない。だから、僅（わず）かでも光のある道を見つけていくことこそ、心を落ち着かせる最善の方法なのである。フランスの政治学者が昨日、テレビで「僕らはコロナに罹る前に、コロナの情報に頭の中をおかされてしまっている」と言っていたが、まさに、そっちの方が心配じゃないか、と気がつけたことも、ぼくにとっては微かな光であった。

心配するな、と言われても無理だけれど、心配し過ぎない、どこかで気を抜けるならば抜いた方がいいのだ。逃避出来る楽な世界にこの際、逃げ込んでしまうのは悪いことじゃない。1日中、コロナのニュースばかり追いかけているとその前に、自分が倒れてしまう。ぼくもそのことに気がついたので、ぼく個人が発信するメッセージの中には出来るだけ光を交えていきたいと思うようになった。

今日現在、日本人の死者数が15人とそれほど多くないことは日本にとっては微かな光だと思っている（もちろん、1人でも亡くなられたら心が痛む）。感染者数はコントロール出来ると思うが、この死因だけは医療機関も関わることなので、捏造は難しい。逆にイタリアの死者が370人に迫りつつある今の現状は相当に厳しいものがイタリアを包囲しているという証拠でもある。この先、人類に何が待ち構えているのか、気を緩めることが出来ない。

しかし、コロナで未来を不安がり過ぎて今を台無しにするのは得策とは言えない。未来も大事だけれど、それ以前に、今がもっとも大事なのである。ぼくが寝る前に自分に心掛けていることをここに少し記しておく。心の体操のようなものだ。

1. 慌てず、焦らずに、長い目で、自分を許していくこと
2. 心の過労は無理をしなければ必ず治るものだと友人の医者に言われたことを思い出すこと

3. 頑張れ、という言葉は禁句。頑張るもんか、くらいの手抜き感が大事だということ
4. たくさんの睡眠がいちばん心の疲れをとることだと理解して、寝る時は絶対余計なことは考えないこと
5. 楽しい夢を見てやるぞ、と決めて笑顔で眠りにつくこと
6. なんとかなるし、なんとかやってきたじゃん、と楽観的な気持ちを捨て去らないこと
7. ありがとう。を忘れないこと、持ち続けること
8. 大きな視野を持ち、小さな幸せを目指すこと
9. 腹が立ったら、横になって寝ること
10. 頑張り過ぎず、とことんやらず、ほどほどに生きて、まっとうしたい我が人生

## Posted on 2020/03/10

某月某日、近くのスーパーに買い物に行った。レジでお会計をした。顔見知りの店員たちが全員、白いビニールの手袋をしていたので、

「あれ、コロナ対策でついに手袋をはめるようになったの」

と微笑みながら言ったら、その兄ちゃんが、

「君たちがウイルスを持って来たから身を守るためしゃーないんすよ」

と笑いながら言った。それはジョークにもとれるし、差別にもとれる、微妙なブラックユーモアだったけれど、ずらりと並んだフランス人客の視線をぼくは浴びることになった。

これが1月の末のことであれば
「ちゃうちゃう、ぼく日本人だから」

と言い返せたのだけれど、3月初旬の今は日本人も間違いなく感染源グループに所属している。こういう時は店員と一緒に大笑いをして、誤魔化すしかない。

日本がPCR検査を積極的にしていないことはここフランスでも知れ渡っている。笑って誤魔化しつつも、誤魔化せない感じになってしまった。でも、

「本当かどうか確かめられないけれど、日本人の死者は現在15人なんだけれど、イタリアは

450人を超えている。すでにフランスの感染者は1400人超で、死亡者25人、日本よりも全然多いし」

と小さく言い返したら、その店員が

「日本の数字はかなり怪しいんじゃないの」

と言った。すると、ぼくの後ろの人がイタリア人で、

「僕はミラノから来たんだけれど、この会話に参加していいの？」

と流暢（りゅうちょう）なフランス語で言い出した。

その瞬間、ミラノという単語が出たことで、その人の後ろに並んでいた人が踵（きびす）を返し、買おうとしていた野菜を元の棚に戻して、出て行ってしまった。

「ミラノ、大変ですね。でも、封鎖されているのに。どうしてここにいるんですか？」

と訊き返すと

「実は2月半ばに仕事でパリに入ったのだけれど、そしたらコロナがちょうど酷くなって、まずコドーニョ※周辺が封鎖され、ミラノの本社から今はパリ支店で働けと指示が出て、戻れなくなったんですよ。ところが結局、一昨日北イタリア全域が封鎖、4月3日までは確実に戻れなくなって」

と言い出した。

同じような人が僕の知り合いにもいる。というのはミラノとパリは、感覚的には大阪と東京く

らい近いし、ウィークデイはミラノで働き、週末はパリの実家で過ごすフランス人もいる。ビジネスの交流はかなり頻繁だ。なので、横にいるイタリア人に対し、同情しつつもこういう時期だからなんとなく警戒をしてしまった。すると今度はジョーク好きの店員が、

「ほらね、僕のような仕事は誰とどういうタイミングで接触するか分からないんだから、手袋をしないとならないんですよ。これは差別じゃなく、自衛措置なんだ。みなさんの気分を害したくないからさ、ストレートなジョークで誤魔化しているんだよ。日本人も、イタリア人も、中国人も、イラン人も怖い。今はフランス人だって怖い。何人かじゃなく、みんな怖いんだ。ムッシュの言う通り、フランスはすでに25人も死んでいます。俺にだって、分かることだ。このような状態で何をすべきか、それは明白でしょ、手袋をすることだ。握手をしないこと。手を小まめに洗うことなんです」

イタリア人の後ろに並んでいたフランス人たちが頷いていた。

「お互い、身を守ろう」

とぼくが言うと、後ろのイタリア人が

「ああ、いつか、ここでまたみなさんと笑顔で再会出来ることを楽しみにしています」

と言ったので、ぼくは商品を鞄に入れて、

「Arrivederci（アリベデルチ）（さようなら）」

と言った。するとその人は
「さよなら」
と不思議なアクセントの日本語で返してきた。

追記　この日記を書いている途中に、「イタリア、全土で封鎖が拡大」という衝撃的なニュースが飛び込んできた。あのイタリア人はいつ、国に帰れることになるのだろう。もしかすると、帰らず、ここに残った方がいいのかもしれない、と思った。

※……イタリア・ロンバルディ州の小さな町

Posted on 2020/03/12

某月某日、最近、よく思うことがある。実際、言葉に救われてきたな、と。苦しい時は、苦しい自分にメールを書いたりする。拝啓、辻仁成殿、という書き出しのメール、寝る前に送信ボタンを押してから寝ることにする。翌朝、パソコンを開くと、自分からのメールが届いているという寸法である。

「もうそんなに頑張らなくてもいいよ。今日はのんびりやりなさい」という文面だ。昨日の自分が今日の自分にあてた言葉たちに励まされるのは悪くない。人生はせせらぎのようなものだ。過酷な人生である。小川の流れの中に、そっと足を入れるような気持ちになる必要がある。

「せせらぎに耳を澄まし、言葉には心を込めて」

言葉にしなければ通じないことがある。けれども過剰な言葉が人を殺すこともある。確かに、言葉は難しい。作家が言うのだから間違いはない。その反面、言葉がこの世界を作っているのも事実である。人間関係は言葉一つでどうにでもなる。不用意に使った言葉が命取りになったり、選び抜いた言葉のおかげで命拾いをすることも。

思ったことをきちんと言葉にする練習が大事である。細かいニュアンスによって同じ言葉でも意味が変わってくるのだから。「言葉尻を捕らえる」と言う。他人のささいな言い損ないにつけ込み、攻撃や批判をすることだ。つまり言葉尻とは失言のことであろう。

それはちょっとした言い間違いが原因だったりする。言葉というサーベルをうまく操れないから、こういうことが起きる。この言葉という生き物は扱い方を間違えると諸刃の剣となる。言葉を選んで慎重に使うことが大事かもしれない。政治家が失脚する原因の一つに失言がある。なんてつまらないことで人生を失うのか、と思うけれど、ニュースを眺めていると、そういうことで人生を失った人が結構存在する。自惚れや思い上がりがそういう軽々しい言葉を生み出すのである。

実は、言葉尻こそが大事なのである。

そのためには真心を込めて言葉を紡ぐ必要がある。言葉には言霊が宿っている。正確には心のこもった言葉に言霊は宿るというわけだ。言霊の宿った言葉をたくさん使うことが運気を上げることに繋がるだけでなく、発した人の人生を豊かに広げていく。いい言葉は発した人を正のスパイラルへと導く。言葉は自分を殺す道具にもなるが、自分をよく生かすための天使の翼にもなるのだ。

毎日、人の悪口を言っている人がいる。そういう人の周辺に幸福はあるだろうか？
「類は友を呼ぶ」という言葉がある。悪口を言うのが好きな人の周りには同じような人間が集まっている。そういうところに近づいてはならない。そこは邪気の巣である。

心掛けていい言葉を使ってみると人生が変わる。そういう人の周りには同じような志の人が集っている。言葉は人生の明暗を分ける。

陰湿な沼地で人は生きてはいけない。青空を見上げて清澄（せいちょう）な気分で生きたい。ならばまず澄み渡った言葉を選ぶのが最善の方法である。澄み渡った言葉を出来るだけ集めて使うのがいい。その言葉が自分を明日救うことになるのである。

心のこもらない「ありがとう」に言霊は宿らない。ありがとう、は、心の底から言いたい。いつも、読んでくださって、本当に、ありがとうございます。

## Posted on 2020/03/13

某月某日、生きているとわけの分からない攻撃を受けることがある。いわれもない言いがかりや、それかよと思うような批判とか、思わぬ人からの不意打ち、裏切り、挙げたらきりがない。人間、生きていればへこむ瞬間が数限りなく訪れる。ぼくなんかその連続だった。

思えば、ぼくは、そういう攻撃を招きやすい人間だったかもしれない。攻撃されない人間というのはよく見ていると上手に世の中を渡り歩いている。それが出来ない人間はある意味で不器用なのかもしれない。けれども、攻撃されたくないから自分を押し殺して、上手に世渡りをしたとして、そんな人生楽しいだろうか？

「楽しくはないけれど打たれたくないからうまく生きていくだけさ」

それも一理だ。ぼくは打たれても、折れないために、

「打たれ強くなればいいんじゃないか」ってある時から思うようになった。

打たれ強い人というのは、つまり「気にしない人」じゃないだろうか。よくない関係を引きずるからこそ打たれて辛くなるわけだ。無視出来ればそれにこしたことはない。でも、生きていると大人の事情や、面倒なしがらみのせいで、なかなかきっぱり無視が出来ない。

だいたい世の中というのはどこにでも、必ず文句を言ったり、反対したりする人がいる。まず、そのことを冷静に分析することから始めるのがいいだろう。人間は同じじゃない。必ず反対の意見の人間がいる。それは必ずだ。全員に支持されることなどほぼあり得ない。必ず文句を言う人たちに向けて何かを言っても始まらない。逆に言えばそれ以外の人に向かって行動することをポジティブと言うのかもしれない。いちいち相手にするから疲れるわけで、世界は広い、密かに味方を開拓するのがよい。

しかし、不意に攻撃されるのには自分に問題がある場合もある。そこは謙虚に受け止めてもいいんじゃないか、と自惚れ屋のぼくでさえたまに思う。若い時には出来なかったが、近頃、一歩譲ることを覚えた。攻撃された時に成長が始まる、と自分に言い聞かせるのは効果的である。これを乗り越えたら何か人生の成長が待ってるに違いない、という勘違いは素晴らしい。

そもそも失敗は人生を軌道修正する大いなるチャンスでもある。他人に攻撃された時こそ登るチャンスだと思っておけ、と自分に言い聞かせた。たぶん、ぼくはそうやって乗り越えてきた。実際はチャンスかどうかその時には分からない場合が多い。必死に乗り越えた後、振り返ると過去が未来を作っていたりする。

物事というのは思い通りにならない。ままならぬ世の中、とよく聞く。ままならぬもの、が基本である。そのように悟っておくと打たれ強くなるのじゃないか。そして、夢を持っているのならそれをどんどん言葉にしてしまおう。言葉にするというのは意志の表れだから、言ってしまったことで、ぼくらはすでにそこへ向かっているという寸法である。

そもそも打たれ強くなりたい、と思って「ふんふん」とここまで読んでくださった、あなた。ならばそれはすでに強くなろうとする心理の現れなのである。

打たれ強い人間なんて滅多にいない。ぼくなんか打たれるたびにへこんでいる。でも、いつまでもへこたれているのは性分じゃない。人生に貪欲だから、くよくよしてる時間がもったいない、と思ってしまうタイプ。世界というのはあなたの周囲、周りの人間たちを含めた社会を指す。実は環境や周囲の人や社会というのは、頑張れば、取り替えることが可能なのだ。

でも、あなた自身の人生は別のものに置き換えることが出来ない。誰の人生だよ、と自分に言い聞かせてみよう。打たれ強い人というのは自分の生き方を大切にしている人なのである。未来は自力で引き寄せたい。

## Posted on 2020/03/16

某月某日、サボテンが昔から好きでね、なんか自分を見ているようなところもあって、一時期、サボテンばかり家に置いていたのだけれど、つまり、サボテンってあまり水をあげなくても、育つというイメージがあったし、砂漠の植物だから、ほっといてもいい、みたいな……。ところが、そのサボテンを枯らした日に、ぼくは衝撃を受けた。ぼくはサボテンを枯らすような人間なんだ、って落ち込んだ。それから植物を家で育てたことがない。今は、枯らさないように、子育てで必死。子育てを放棄したくなると、枯れたサボテンのことを思い出して頑張っている。

サボテンはいつも棘(とげ)を生やしている。それは外敵から身を守るためなのだけれど、でも、その棘のせいで人を近づけないわけである。ある時、そのことに気がついて、ぼくはサボテン好きになった。ああ、これ自分じゃないか、って思った。それでサボテンを育てるように、というか、ベッドの横に置くようになったのだけれど、トゲトゲしているサボテンが、都会の砂漠の中で歯を食いしばっている自分みたいだな、と思って。で、ある日、目が覚めたら、そのサボテンが赤い花を咲かせていて、驚いたことがあった。

え？　サボテン君、君、こんなに可愛い花を咲かせることが出来るんだね、すごいじゃん!!

それで、ぼくはますますサボテンが好きになった。

ああ、これは自分だな、と思った。ぼくも頑張って花を咲かせなきゃって。棘で身を守り過ぎると、誰も近づかないよって。でも、そしたら花を咲かせてごらん、きっと誰かが君に声を掛けてくるはずだからって……。

30歳の時に、それに気がついて、「サボテンの心」という歌が出来た。30年も前のことだ。

今、世界は酷い状態になり、この先、世界がどうなってしまうのか、誰にも分からない。こんな時代になると、人々は不安に苛(さいな)まれてしまう。だから、棘を生やしてもしょうがない。代わりに、花も咲かせられたらいいよねって、思う。

Posted on 2020/03/17

某月某日、マクロン仏大統領は国民に向かって、昨夜20時より、13分程度、新型コロナウイルスの感染拡大を抑えるためにフランス全土で17日の正午から2週間程度の外出制限を実施すると宣言した。これまで通り、薬品や食料品の買い出し、簡単な運動などは認められるが、それ以外の外出は出来なくなる。どのような状態になるのか、明日にならないと分からないが、今日は昼過ぎからパリ市内のあちこちに警官が立っていたので、もっとそれが強化されることになり、うろうろしていると注意を受けたりすることになるのであろう。イタリアの場合は外出理由の書かれた書類の携帯が義務付けられているが（逮捕や罰金がある）、どうも今日の説明だとフランスの場合は言及がなかった（結局、その後、書類はダウンロードして、外出理由を書かなければならないことが判明。違反者には罰金も）。ただし、医療従事者が使うタクシー代とホテル代は国が持つ。さらに、各企業に関しては、その大小にかかわらず、この期間の必要最低限の経費とか家賃とか電気、水道代も国が負担するとのことであった。

息子は、

「逆に、今はこれでよかったと思うよ」

と満足そうに言った。

「パパ、ちょっとの間、みんなが外出しなければ、今の新型コロナの勢いはある程度抑えられるんだ。もちろん止めることは出来ないにしても、ゆっくりとピークに持っていくということじゃないか、と思うよ。他に手はないので、早い決断でよかったと僕は安心しているけれど。休校だけだと成果が出難いから、全部を止めて、敵の快進撃を抑えたいんだろうね、政府は」

フランス人は、イタリア人、スペイン人と同じラテン系なので、同じ欧州でもお隣のドイツの人たちとはちょっと生真面目さの本質が違っている。意外かもしれないけれど、フランス人は、どこか陽気で、楽天的で、明るい性格も持ち合わせている。なので、1m以内に近づくなと言ってもなかなか日本人やドイツ人のように厳守出来なかったりする。先の日曜日も快晴だったので大勢の人が闊歩（かっぽ）していたし、セーヌ河畔では人だかりさえ出来ていた。政府の人たちが嘆いていた。

国民性というのか、そこがフランス的でもあるわけだからぼくは好きだけれど、政府もその辺をよく分かった上での外出制限だと思う。感染者数はドイツも多いが、死者数は圧倒的にラテン三国の方が多い。さらにはフランスの場合、国民気質の問題と医療体制に若干、不安があるのかもしれない。今、フランスは病床の数が足りていないし、医療従事者からクレームが出るほど、予算も人も足りていない。医療関係者の人たちが政府に、これでは感染拡大を抑えられず、しかも医療崩壊を起こす可能性があると訴えている。

イタリアは最初に北イタリアを封鎖してから、全土へと封鎖を広げた。けれどもそのタイムラグが全土への感染を逆に広める結果となった。フランスはその轍を踏まぬよう、早い段階での全土の封鎖を決めた。31日までのこの2週間の外出制限が、その後の選択を左右することになる。

さて、今日の父ちゃんの料理教室では、昨日のハンバーガーに続いて「たまご焼き」の作り方を息子に教えた。形は悪かったけれど、なかなか美味しかった。銅製のたまご焼き器の扱い方、火の加減など、結構専門的だったが、子供はそういう厄介なものの方が面白がる。とても有意義な料理教室となった。明日は鶏肉の和風カレーを教えようと思う。こういう大変な時こそ、逆手にとって、家族の絆を強める機会にしたらいいのだ。息子も、友だちと遊び回れない時期なので、観念したのか、自分から

「料理を学びたい」

と言い出した。1週間後には、息子がシェフになって、ぼくが客になり、豪華なランチ会を計画している。外出制限は今のところ2週間程度だし、イタリアほど厳しくもなさそうなので、親子の時間が増えたと思って、いろいろと話をする機会にしてみたい。

## Posted on 2020/03/19

某月某日、ユネスコによると、新型コロナの大流行のせいで学校に行くことが出来なくなった児童・生徒が全世界で8億5000万人に上ったのだとか。その中の一人がうちの息子である。しかもこの数はこれからもっと増えるというのだから、困った。フランス全土が隔離されてから2日が過ぎた。息子の部屋は北側にあるので、光があまり入らず、健康的ではない。そこで、リビングルームの家具をどけて運動するスペースを確保し、一緒にトレーニングを開始した。家族で力を合わせて不安をやっつけるしかない。

「勉強どうしているの?」

と運動しながら訊いたら、息子が笑顔を拵(こしら)え、

「それがね、物理の先生が、子供たちをゲームのサーバに集めて、ほら、僕らがいつもマインクラフト※やるみたいに、先生が指定したサーバで今日から授業を再開したんだ」

と嬉しそうに言った。

これは学校の取り決めじゃなく、物理の先生が独自に考え出した方法だ。子供の心理をついたとてもいいアイデアである。生徒たちも興奮している。フランス語の先生はYouTubeにチャンネルを作って、授業を開始した。他の先生たちはエコール・ディレクトと呼ばれるフランスのネットシステムのメール機能を利用して宿題などを出し、添削している。明日は朝10時にエコー

ル・ディレクトを介して数学のテストが配布され、11時までに答案を戻さないとならない。まだ政府のコロナ禍教育指針が曖昧な状態なので、各先生たちがいろいろと考えて、独自で頑張っているようだ。子供たちはゲームやネットやYouTubeが好きだから、この試みは彼らの向学心を今までにない形で刺激することになるだろう。

ちなみに、今日は「甘いものが食べたい」ということになり、チョコレートケーキを息子と作った。今回はバターを使わない低カロリーのふわふわチョコケーキにした。

今日は、午後、初めて外出許可証を持って買い物に出掛けてみた。外出制限がどのような影響を市民生活に与えているのか、いったい、どのくらいの人がこの制限を守っているのかチェックするために……。外出制限のせいで誰も出ていないだろうと思ったが、日曜日の早朝のような感じで人も車もまばらながらも動いていた。薬局やスーパーだけじゃなく、パン屋、八百屋、魚屋、肉屋も営業しており、お客さんはどこもガラガラだったけれど、全くいないわけでもなかった。面白いのはどの店舗もレジ前には1m間隔で黒いガムテープでマークが付けられていた。レジ前にスペースのない店は客が外に並んでいた。そして見事に誰もが距離を保っていた（店によっては1m50cmのところも）。

外出制限が始まった昨日の午前中、いつもはナイススマイルの八百屋の店主がマスクをして、強張った顔で仕事をしており、モヤシ（フランスでもポピュラーになってきた）を買ったのだけれど、挨拶もそこそこだった。誰もが経験したことのない外出制限のせいでフランス人がパニックになっているのをぼくは知った。

意外とフランス人はそういうところが脆い、弱い。ところが、今日、八百屋の前を通ったら、昨日はパニくっていた店主が、笑顔で手を振ってくれた。その隣のパン屋に顔を出したら、店主のマダムが、

「昨日はみんなパニックだったけれど、今日はちょっと落ち着いてきたかな。みんな外出制限を守るようになったし、政府の脅しが効いて、出歩いていない。ちょっと希望が見えてきたかもしれないわ。後2週間、頑張ってほしい」

と言った。

一昨日は人で溢れていたパリ市内が物凄く制御されている。昨日は38ユーロ（約4500円）だった罰金の最低額が135ユーロ（約1万6000円）になり、最大は375ユーロ（約4万5000円）に跳ね上がった。政府が厳しい姿勢を強めている理由の一つに、感染者の増加（9000人を超えた）が挙げられるが、もう一つ、ちょっと不気味な情報として、入院患者の半数が60代以下となったことが挙げられる。これまでは高齢の人が重症化すると言われ続けてきた新型コロナだが、ここに来て若い人の感染者が急増し始めている。

知り合いの友人のお子さん夫婦（20代）が、ベルギーで発症し、自宅で隔離されている。軽症なのだけれど、とにかく咳が止まらないとのことで、この若い夫婦は病院には入れず、医師の経過観察を受けながら、自宅で自力で治そうとしている。フランスも重症者が増え、治療器具がない街の患者を軍の飛行機が別の街へと搬送を開始した。飛沫がエアロゾル化して空気中でウイルスが3時間生きるということが判明した。

欧州で感染者数が急拡大している理由として、欧州式のビズ（頰と頰をくっつける挨拶）やハグが原因じゃないかという説もあるが、ぼくはそれよりも欧州人の会話の仕方に大きな問題がある気がする。びっくりするくらい顔を近づけてみんな話をするのだ。特に年配の人は30〜40cmまで接近し、顔を突き合わせるようにして話し込む。そんなに顔をくっつけなくてもいいじゃないかと思うくらいに近づいて。しかも、どうでもいい天気の話なんかを30分くらい続けている。とにかくみんなおしゃべりが好きだから、唾を飛ばし合って、話しに没頭する。この慣習は渡仏した頃からアジア人的にはとっても奇妙に映っていたが、飛沫感染ということからするとかなりリスキーな慣習だと思う。ビズや握手なんかよりもこっちの方が危険だ。外出制限のおかげで、道端でのこの井戸端会議が出来なくなったので、もしかするとこれも好転の一つの兆しに繫がれば……。

※……3Dのブロックで構成された仮想空間の中で、物を作ったり、冒険したりするゲーム

## Posted on 2020/03/20

某月某日、外出制限であって、厳密に言えば外出禁止令は出ていない。日本のネット記事の中に「外出禁止令が出されたパリで」、とよくあるのだけれど、実は禁止はされていないのだ。外出許可証（しかも自分で理由を書いたもの）を携帯していれば、外出出来る。会社などに行かなければならない人はこれとは別に上司のサインの入った書類が必要となる。外出制限という言葉をぼくらは使うようにしている。正確に言うと、「confinement（コンフィヌモン）」とこちらでは呼ばれており、単純に訳すと「封じ込め」となる。

犬の散歩をする人は本当に多い。みんな外に出たいものだから、やたら、犬がかりだされている。犬はきっと喜んでいる。

自転車に乗って移動している人も多いのだけれど、たぶん、仕事をしている人だと思う。メトロもバスも動いているのだけれど、乗るのはちょっと怖いから（ちなみに、バスはがんがん走っているが、どのバスも人は乗っていない）。自転車だと安全だから、今後、パリ市内の移動手段として自動車よりも自転車が定着するように思う。

生きていかなきゃならないのだから、みんな、食料は買いに出る。一時期買いだめで消えかかっていたパスタ類、トイレットペーパー、なども棚に戻った。政府がテレビで、十分あるよ、信用してね、と言ったからだと思う。本当に、ものはたくさんあるので安心である。無いのは、マスクと消毒ジェルなのだ。こんな日が来るとは……。

そういえば、お巡りさんにも会った。

「Bonjour?（ボンジュール）」

「Bonjour（ボンジュール）」

と笑顔を向けられた。

人によっては厳しく言われたり、何してんだ、と怒られたり、罰金（135〜375ユーロ）もとられているという噂を聞いていたので、笑顔で手を振られた時は拍子抜けした。やっぱり、ぼくの日頃の行いがいいのに違いない（笑）。実は、若者が多い地区で未だに不要不急の外出が多いようで、そこは厳しく取り締まられているようだ。

スーパーマーケットには人がいる。でも、やはり普段よりはうんとうんと少ない。ガラガラだけれど、国の指導で開けないわけにはいかないのだろう。みんな人と人の距離を保ちながら、買い物をしている。狭い店などは入場制限をしている店もある。レジ前には１ｍ間隔でマークが付けられ、客同士が近づかないよう工夫されている。

このように、封じ込めの外出制限が出されているパリだけれど、日常はたんたんと流れている。今日も快晴で、窓を開けると、犬の散歩をする人の姿が見える。もちろん、外出する人の数は通常の数十分の一程度だけれど、ゴーストタウン状態ではない。けれども、この緩やかな外出制限も、来週あたりの感染者数、死者数の増加によっては、厳しさも変わってくるに違いない。

春が始まったばかりのパリだけれど、いつものカフェや、いつものワイン屋や、この地区の仲間たちと、和気あいあいいつも通りの日常が再び送れる日が待ち遠しくてならない。ぼくも外出は2日に一度にしているし、一度の外出時間も30分以内と決めている。

**Posted on 2020/03/22**

某月某日、外出制限が発令されて5日が過ぎた。最初の日は気が張っていたので「乗り越えてやるぞ」と意気込んでいたが、まだ僅か5日しか経っていないのに、日に日に世界が変わってきた。息子は休校になった金曜日から一歩も外に出ていない。ぼくは買い物に行かないとならない。昨日、一昨日は快晴だったからよかったものの、今日は急に気温が下がり、曇天、なんだか世界が不意に悲しくなった。いつもの交差点に立ち、暫く、馴染みの界隈を眺めた。角のカフェは毎日大勢の人で賑わい、ギャルソンのクリストフも、店主のジャン・フランソワもぼくが顔を出すと握手をしてくれたのだけれど、今はもう、真っ暗で人の気配さえない。いつも飲んでいたあのカフェオレを暫く味わうことが出来ない。

斜め前のワイン屋は口のうるさいエルベが店主、ぼくはそこでいつも油を売って過ごしていた。夕方には二人で乾杯をし、「ツジ、お前は作家のくせにフランス語の文法がなっていないな」とバカにされていた。なのに、あの口の悪いエルベの店は重たいシャッターが下ろされた状態が続いている。その隣のアンティーク屋の偏屈で有名なディディエおじいさんは好き嫌いが激しく客を追い返したりする。でも、なんでか、ぼくは気に入られて、顔を出すと満面の笑みでもてなされる。外出制限が出る前日、呼び止められて、「ツジ、マスクは買ったか、ないなら郊外にはあるから買って来てやろうか」と心配してくれた。エルベとディディエは犬猿の仲だけれど、ボケとツッコミ漫才は最高だった。なのに、今は会えない。いつも街角に佇み、酒臭いのに最高の笑顔を街中に振りまいていた名物シェフ、メディの姿もない。

その角を曲がったところにある中華レストランは香港出身のご夫婦がやっていて、とにかく辻家にとっては食堂のような存在で、息子が心を許す奥さんのメイライ、ご主人のシンコーの二人は遠い親戚のようだった。うちにご家族を招いたこともあった。でも、あの日以来、もう会っていない。メイライに会いたい、と息子が時々、呟く。ご飯に行くと、ぼくにも息子にもいつもぎゅっとしてくれる（もう、ハグは無理な世界になった）。元気にしているのならいいけれど、どうしているのかなぁ、と心配になる。

通りの中ほどには若者でごった返すロマンのバーがある。ロマンはそこをモロッコ人のユセフに売り渡した。このユセフが息子思いのいいお父さんで、ぼくが行くと、なぜかいつもお酒をごちそうしてくれる。彼は歌が大好きで、ぼくのことを日本の大歌手と呼ぶ。あはは、聞いたこともないくせに。バカにしているんだろうけれど、奢ってくれるから許す。でも、イタリアで感染者が増えだした頃を境に、ぼくは彼らのバーには顔を出さなくなった。だから、すでに2ヶ月近くもう彼らには会っていない。ここで知り合った南アフリカ大学の教授、アドリアンもあの日以来、この辺から姿を消した。道端でいつも葉巻を燻らせていた。

「ツジ、今度のウイルスは手ごわいぞ」


その対面にある古本屋のクリスティーヌはもう高齢だから、いちばん心配だ。フランス全土が封鎖される直前、ぼくは彼女の本屋で拙著『白仏』を注文したのだけれど、在庫がなくなっているという版元からの返事で、結局買えずじまい。クリスティーナはいつもいちばん奥の席に座り、本を読んでいる。80歳に近いと言っていたので、コロナに罹ったら危険な年齢だ。「ツジ、今、何を書いているの？　早く出版されるといいわね」が口癖だ。「なかなか出版不景気でね、出ないんだよ」というのがぼくの言い訳。ぼくを見つけると、ツジー、と声をはりあげて店の奥から飛び出してきて、いつも手を振ってくれる。無事でいてほしい。


でも、八百屋は開いている。店主のマーシャルがぼくに
「Ça va?」

と訊いてきた。ぼくは愛すべきこの街を見回し、

「この街がこんなに悲しい色になってるんだから、Ça vaじゃない」

と言ったら、

「いいかい、世界が終わりなわけじゃないんだ。僕らは負けないために戦っている」

とぽつんと漏らした。Ça va（サヴァ）、と訊き合うのがフランス人の挨拶だけれど、訊きづらい世界になった。

「大根はあるかい？」

と訊いたら、奥から2本持って来てくれた。

「もう1週間売れ残ったものだから、あげるよ。大根は食通の人しか買わないから、きっともう売れない。この良さが分かる日本人に食べて貰いたい」

全然、綺麗な大根だった。でも、こういう時は喜んで貰っておくべきだろう。今夜、大根の和風カレーにしようと思った。人参とインゲンと茄子（なす）と生姜を買った。

八百屋を出たら、

「ツジー」

と通り中に声が弾けた。慌てて、振り返ったが、誰もいない。ゴーストタウンのような街が広がっている。気のせいかな、と思って踵を返すと、再び、

「ツジーヒトナリー」

と声が掛かった。見上げると、目の前の建物の3階からギターを抱えたピエールが身を乗り出しているじゃないか。おお、ピエールだ!! ムースオーショコラ作りの名人、普段、何をしているのか分からない自称写真家でアーティストのピエールだ！

思わず叫んでから、しまった、と思った。禁句だった。すると困った顔をして、

「ああ、まあ、なんとかね」

と言った。

「ツジ、俺は一人だから、もうずっと誰とも話していないんだ。つまんね～よ。一人暮らしの人間には辛い時期だ。ツジ、外出制限が終わったら、また一緒に呑もうぜ、ロマンの店でもいいし、クリストフの店でもいい、メディの店でも、メイライのところでも。春が来たら、呑もうぜ」

ぼくは泣きそうになったけれど、我慢して、笑顔を浮かべて手を振っておいた。もう少しの辛抱だ。この世界が再び笑顔で溢れる日は必ず、来る。人類は必ず勝つ。

## Posted on 2020/03/24

某月某日、日記でも書いてきたけれど、やっぱりアメリカでオーバーシュート※が起こっている。10万人を超える感染者はもはや尋常ではない。ロンドンもロックダウン（外出制限）が発令され、驚くべきことに、ジョンソン英首相までが感染者に名を連ねることになった。欧州はこれでほとんどの主要都市が封鎖、もしくは何らかの制限を発令していることになる。

ある日、突然、ロックダウンは起きる。最初に全仏の休校措置が発動され、その翌々日くらいにレストラン、カフェ、商店などの閉鎖が決まり、さらにその2日後、いきなりロックダウンが発令された。あれから明日でちょうど1週間だが、昨日、エドワー・フィリップ首相が、さらに2週間のロックダウンの延長を国民に通達した。これはとりあえずの期間で、もっと長引くことを前提にした延長である。医療関係者は医療現場がこのままではもたないのでロックダウン・トータル（完全封鎖）を望んでいる。しかし、ストレスが大き過ぎるとの反対意見も強く、現段階では様子見の状態のようだ。

フランスの場合、ロックダウン発令はテレビやメディアを通して国民に知らされた。大統領がテレビカメラの前で、そこへ至る状態と現状を告げてから、宣言が出た。1日程度の猶予の期間があり、発令という流れ。休校→商店の閉鎖→ロックダウン、と続き、このロックダウンもじわじわと制限がレベルアップされた。きっとこれは一気に全てを封じると国民にストレスを与え過ぎるので、段階を経て小出しにしているのかもしれない。実際は5月までロックダウンは続くという意見も出ている。

パリの飲食業者はどうロックダウンと向き合ったのか。ぼくの友人、スペインレストランを経営するステファンに取材をした。

「まず、そのことを驚くべきことに、テレビで知ったんだ。たぶん、いちいち、こういう非常事態の場合、電話とかメールでの連絡は無理だろうからね。パリ市から連絡があったわけじゃない。で、慌てて関係省庁や市役所のホームページを読み、その日の深夜0時までに店を閉めないとならないことを目で確認した。政府が面倒を見てくれるのはロックダウン中の経費や電気、ガス、水道料金とかさ、後は家賃、そして正規雇用者への給料だ。店側の通常の売り上げは補償されない。ま、仕方ないけれど、俺らからすると大損だ。ただ、次回の税金の中で、それが相殺されるというような感じみたい。これもまだちょっとあやふや。何せ、急な事態だから、ここから徐々に話し合いが始まるのだろう。最低限の経費は出すというのはホームページに書かれていたよ。初めての経験なので、みんな手探りでやっているんじゃないか」

ここが肝心だが、フランスの場合、国家封鎖が行われている間の店舗営業者への補償がきちんと行われるということで、国民が納得しているということを押さえて貰いたい。内容は今後の話し合いになるようだが、相応の補償があるおかげで、人々は会社を休み、自宅で大人しく生活をしていられるのである。日本の場合、どうなるのであろう。そこが心配だ。

ロックダウンになると営業出来る店は、スーパー、薬局、食材を売る店（八百屋、魚屋、肉屋、パン屋）、タバコ屋、病院などに限られ、後は閉鎖。市場（マルシェ）も明日から閉鎖。普通の会社は基本テレワークになる。Amazonも生活必需品を優先し、贅沢品は配達をやめている。また、健康のための運動、食材の買い出しは認められているが、外出する前に政府が用意した用紙をダウンロードし、日付やサインなどを記入、携帯しないとならない。運動は1km以内で1時間以内と限られている。買い物は距離に関係なくいちばん近い店舗があるところまで買いに行くことが可能になった。感染の酷い地域では22時から朝の5時までは完全封鎖となっている。

警官も最初は温厚だったが、今は（マスクも不足してつけられないせいもあり）殺気立っている。罰金も初日は38ユーロ（約4500円）だったが、人々が出歩くので、最大1500ユーロ（約18万円）に値上がり、しかも、それを4回破った者は最大3750ユーロ（約45万円）の罰金と6ヶ月間の投獄となる。ロックダウン・トータルになったら、これどころではないだろう。軍隊が出て、ブロックやバリケードを用いて、パリも武漢のようになりかねない。

問題は人々の精神面である。特に子供たちのことがぼくは心配だ。低所得の家庭もパリは多く、8畳間ほどのところに数人が雑魚寝をしている移民の家族なども多い。そういう人たちが果たしてロックダウンに耐えられるのか想像も出来ない（カンヌ映画祭が延期になったので、カンヌ市はホームレスの人たちを会場に収容するらしい）。うちでも、息子は陽の差さない部屋で勉強をしている。育ち盛りだし、親としては心配なので、リビングルームの家具を動かし運動スペースにした。若者たちが政府の政策を無視しているようで、違反者が26万人（追記　3月28日現在）を超えた。家で大人しくしていろ、と言われても春の麗らかなこの時期、遊びたい盛りの青年たちには相当に難しいことでもある。

フランスは沿岸部でも厳しい規制が行われている。みんなが海に集まるので、海岸線も封鎖となった。海岸なんか大丈夫じゃないの、広いんだし、と思うのだけれど、そこへ人が押しかけ、ビーチが人で溢れるのはよくない。公園もそうだ。なので、最初は大丈夫でも、太陽や解放感を求めて人が大勢押しかけそうな公共施設、東京でも、今週末の自粛要請を受けて入場出来ない公園があると聞いたが、実際のロックダウンはほぼ全ての公園に広がるはずだ。運動したい人は家の周囲で体操をする、しかも、人々との距離を取りながら、ということになる。フランスは海もダメ、セーヌ河畔もダメ、公園もダメ、こういうことが人々のメンタルにじわじわと影響を与え始めている。

しかし、感染を封じ込めたいフランス政府はだましだまし制限を強くせざるを得ない。効果が出る前に中途半端にやめてしまうと全てが台無しになる。やるならば徹底してやらないとならない、というのがフランスの専門家会議の主張でもある。現在のフランスのロックダウンは解除へは向かっていない。ある程度の封じ込めの成果が出るまで続けるしか、他に手がない。日本人は統制力があり、マスクをしている確率が欧米人よりはるかに高いので、ロックダウン政策には世界一向いている国民かもしれない。きっとロックダウンをすることで一瞬で効果が出る国じゃないか、とも思う。

ロンドンが封鎖を決めたのも、欧州全体での封じ込めの時期だと判断したからだろう。感染者の増加を緩やかに制御し（出来るだけピークを遅らせ）、病院のベッド、医療制度が崩壊しないようにバランスを取りながら、着地点を探すために、難しい綱渡りが続いている。当初、フランスは感染者の封じ込めに成功していたかに見えた。ゼロ感染者の日がずいぶんと続いたのだ。ところがイタリアで一気に感染爆発が起き、そこから歯止めが利かなくなった。あれよあれよという間に、世界が一変した。もっとも、当初から、あれだけの中国人観光客がいたフランスやアメリカに感染者がいないわけはない、と思っていたので、目に見えないところでじわじわと感染爆発の運動が起きていたのであろう。

ロックダウンになって、マスクや消毒ジェルは逆にあまり使わなくなった。近所に買い物に行くだけだし、そこの人たちが完全防備なので、石鹼で手を洗うことなどに努めることで、市中感染の脅威から解放された。食料に関しては、買いだめをしなくても食材がスーパーから消えるということはなかった（一時期、パスタや油などが消えたが、どこの店舗もすぐに回復した）。ロックダウンのおかげで、息子を守ることも出来ている。

ただ、東京都でロックダウンが始まる場合、パリとは規模が違うので、人々の動揺も人口に比例して大きいのかもしれない。心の備えだけはしておいてほしい。どの程度の状態になるのか予測が付き難いが、最初は緩やかで、じわじわと厳しくなっていくのじゃないか、と思う。パリなどでも、問い合わせても役所が応対出来なくなっていた。特に病院などはもっと余裕がなくなる。病気はコロナウイルスだけじゃない、ガン患者も、インフルエンザの人もいる。なのに、病院機能が低下していくし、お医者さんの感染も出てくる（フランスではすでに数名の医者が犠牲になっている）ので、今は自分の体は自分で守るくらいの健康への準備を怠らないことが大事であろう。息子と二人暮らしなので、ぼくも人一倍健康には気をつけている。パリは今、戦時下である。コロナ戦争の真っ最中である。贅沢（ぜいたく）をせず、この生活に慣れることが大事だと二人で励まし合っている。一緒に運動をやり、一緒にご飯を作り、笑顔を忘れずに生きている。逆を言えば、生きていることが有難いと思える日々でもある。

※……感染症の患者が爆発的に増加すること

## Posted on 2020/03/26

某月某日、「パパ、新型コロナウイルスに人類が勝つ方法が一つだけあるんだよ」とキッチンに顔を出した息子が言った。

「それは何？」

ぼくはオランデーズソース（バターとレモン果汁、卵黄を使ったフランスのソース）を作りながら、訊き返した。今日のランチは、サーモンとアボカドのマフィンにする予定。息子は戸口から中を覗き込んで、

「それは家から出ないことだよ」

と口早に言った。

ここのところロックダウンのせいで、会話が減り気味な辻父子だが、久しぶりに息子の方から意見を言いに来たと思ったら……。なんとなく神経質な顔をしている。一旦、オランデーズソースのことは脇にどけて、向き合うことにした。

「それはどういうこと？」

「地球上の人間がロックダウン下で、法令を守って、一切、外出しなければ新型コロナウイルスの脅威は間違いなく消える。単純なことなんだよ。ウイルスは人から人に移って複製して増えていく。人間が家から出なければ、感染もしないし、人に感染させることもない」

笑いもしないでいきなり真面目な話をしだしたので、ちょっと精神状態が心配になった。休校措置が発令されてから、息子は一歩も外に出ていない。実は、親としてはそっちの方が新型コロナよりも心配だった。

息子は仲間たちと新型コロナについていろいろ想像をしているに違いない。間違えた情報を信じている可能性もある。

「政府の指示に従い、全ての市民が家から出なければウイルスはある一定期間で死滅する」

「ま、そうかもしれないけれど……」

「一部の人間がそうやって法令を守らないからいつまでも感染が続くんだ。もっと厳しい法律を発動して、一歩も外に出ないようにしないと地球は元には戻らない」

ぼくは息子に近づき、肩に手を置いた。

「お前は正しい。オッケー、でも、ならば君は部屋を片付けるべきだろう」

「部屋？　なんで部屋の話になるの？」

「窓を閉め切って、あんなに散らかった部屋でパソコンばかり覗き込んでちゃ、心に悪い」

「だって、他に何も出来ないじゃない。ネットのおかげで僕らは仲間たちとストレス発散出来てるし、会えない先生たちからもネットで教えて貰えている。ネットの中で十分幸せなんだよ」

彼の言い分には一理あるし、「まずネットや電話で誰かと繋がるように」と精神科医がテレビで力説していた。一人になるのは危険なのだそうだ。

「まあ、それはいいだろう。じゃあ、一つ聞くけれど、最後にシーツを換えたのはいつだ？」

息子の眉根がぎゅっと中央に寄った。彼は心のカレンダーを捲（めく）っている。

「……記憶にない」

「新型コロナも怖いけれど、世界にはもっと恐ろしいウイルスがいっぱいある。だいたい、ペストも不衛生な場所から感染が広がった。不潔な場所をウイルスは好む。君の部屋は安全だと言えるのか？　君のベッドの下にウイルスの巣があるかもしれないぞ」

息子が驚いた顔をして、自分の部屋の方へ意識を向けた。

「ベッドマットや枕とか布団を太陽にあてないと危険だ」

「……」

「よし、今すぐ掃除をしよう。パパも手伝う」

ということで、今日は二人で息子の部屋の大掃除をやることになった。机の上には本が山積みだった。床にもいろんなものが転がっている。掃除機は週2回はかけているが、床とか窓ガラスまでは時間がなく拭（ふ）けずじまいだ。とりあえず布団カバーやシーツを新しいものに換えないとならない。

「この機会に、大掃除をしよう。パパのベッドも全部やる」

二人で力を合わせてベッドを動かしたら、壁との隙間に埃（ほこり）の塊があった。息子は数歩、後ずさりした。

「ほーら、こんなんじゃ、新型コロナに罹る前に肺炎になってしまうぞ」

ぼくはとりあえず、マットカバーを剝がした。すると、マットレスの真ん中に、ぼくはそれを見つけてしまったのだ。

「お、世界地図だ」

「世界地図?」

「これだよ、この真ん中の海図」

「かいず?」

「このマットレスを買った時に、お前がしたおねしょの痕じゃん」

「ええ? 違うよ!」

「違わないって、パパは何でも知っている。お前、パジャマのズボンを洗濯籠のいちばん下に隠したじゃないか。パパは何でも知っているんだ」

「違うよ。これは……」

一瞬の間が空き、息子が笑い出した。ぼくは息子の肩をぽんぽんと叩いた。

「いいか、健康でいることがまず何より大事。身体だけじゃない、心も健康でなければならない」

息子は笑顔で、

「ああ」

と頷いた。明日は何が何でも外に連れ出そう、とぼくは思った。

でも、息子が言った「家から出ないこと」はこのロックダウン下のパリにおいてはいちばん大事なことなのである。まさに今、ここ欧州で、ロックダウンのスローガンと言えば「je reste chez moi!（私は家にいる）」なのだから……。

Posted on 2020/03/27

某月某日、「誰のための人生だよ」というのは、昔、ぼくが母さんによく言われていた言葉だ。壁にぶち当たって悩んでいると、母さんがぼくの目の前に仁王立ちになって、

「ヒトナリ、それは誰の人生だよ」

とよく言った。

「それは他でもなか、自分の人生ったいね。ヒトナリ、自分のために生きたらよか」

と言われ続けたので、今はその言葉をぼくはぼくの息子に手渡している。

「息子よ、誰の人生だよ」とね。


ロックダウンが始まってから、毎日のように、日本のテレビの電話取材を受けている。番組によっては「経済のことを考えると、ロックダウンはもっと先の方がいいですよね」と念を押されることもあった。でも、実は、やるならばすぐにやった方がいいとぼくは思っている。フランスもそうだけれど、イタリアやスペインを見てほしい。ああなってからだとロックダウンの効果がなかなか出ない（フランスも2週間といって始まったロックダウンが、6週間に延びるという話が出ているし、まだまだピークは先）。フランスやドイツはイタリアの11日後を追いかけている状態だとも言われている。

フランスの感染症の権威が数日前に「僕らはこのウイルスを侮っていた。ここまで凄いウイルスだとは思わなかった。欧州の医療レベルであれば勝てると思っていたのに、すまない」と番組で謝罪をした時、背筋が凍りついた。フランスにはパスツール研究所などがあり、感染症の権威が集結しているのに、だ……。

イタリアやスペインから届く、病院の映像が凄まじい。医療崩壊を起こしているので、ゴホゴホと咳込む患者にはベッドが回らず、みんなタオルみたいなものを敷いて廊下で寝て待っている(要するに、ロックダウンをしなければ、感染爆発が起こる可能性が高くなり、そうなると、医療崩壊を招いてしまう)。そういう映像を見た直後に、日本のテレビで、「どうなんすか？　やっぱ、そちら大変すか？」と質問されたりすると、バカでかいハサミで切断されたみたいに、頭の中が真っ白になる。

「メディアが煽り過ぎるからダメなんだ。メディアがバカなんだ」というネット記事をちょっと前に読んだ。こういう人たちは間違いなく、事態が急変すると「だから僕は最初からすぐにロックダウンやるべきだって言ってたんですよ」と言い出すに決まっている。やれやれ。もしかすると日本人は衛生的だし、真面目だし、統率力があるから、ロックダウンをしなくても、感染の速度をある程度抑えられる可能性もある。ならば、それでいいじゃないか。ぼくが謝って済むなら謝る。

しかし、その反対だった場合、「あの時こうしていればよかった」となっても、亡くなられた方々の命は戻らない。ぼくは「やり過ぎぐらいがこの新型コロナにはちょうどいい」と思っている。備えあれば患いなしという日本語を忘れちゃいけない。

東京でも今週末の外出の自粛要請が出たようだが、フランスでロックダウンが発令される直前、たぶん、その前日だったと思うが、幼いお子さんの手をひく若いお父さんがテレビカメラに向かって「この病気はお年寄りが重篤化する病気だから、僕やうちの子たちにはあまり関係ないですね」と言った。スタジオにいた医者たちは呆れ返っていた。

日本でも、もしかすると今週末、一部の人たちは「関係ないっす。面倒くさいっす」というムードになるかもしれない。でも、今日、フランスではパリ近郊で16歳の女の子が、イギリスでは21歳の健康な女性が死亡した。決して、若ければ重篤化しないというわけではないのだ。この子の死から学ぶべきことがある。死者の数が多い少ないの議論には意味がない。自分の身は今後、自分で守っていくしかないのだ。

今日、アメリカは中国とイタリアを超え8万2000人超（ジョンズ・ホプキンス大集計）の感染者数となった。この増加率は、凄まじい。ぼくの想像を超えてアメリカは一気に本当にやばいところまで来てしまった。

経済をなんとかしなきゃ、というのは当然だ。でも、命とお金とどっちを優先するのかということだ。アメリカは、専門家の意見に耳を傾け、より命に寄った的確な判断が下されることを祈りたい。

ロックダウンはいろいろな意味で大変だけれど、実は、必要以上に恐れることではない気がする。ロックダウンは、他でもない、国民の命を守るために今出来る最大の方法なのだから。

このような前例のない感染症の場合、誰も予防法が分からないのだから、まずは、やり過ぎというくらい、とことんやっていいのだと思う。ロックダウンに賛否があるのは分かるし、そもそもロックダウンは中世からある古めかしい方法だけれど、しかし、早く導入することで間違いなく一定の成果は出せる。やらなかった場合、数百万人の命が奪われてしまう可能性もあるのだから。早め早めのパブロンという宣伝があったが、早め早めのロックダウンに置き換えてみれば分かりやすい。咳をしてからでは間に合わないのがCOVID-19の恐ろしさだ。今のところ、他に選択肢はない。

84歳の母さんが言った
「誰のための人生だよ」

という言葉をしっかり摑んで、ぼくはロックダウンが解除されるまで、大人しく家にいるつもりだ。

## Posted on 2020/03/28

某月某日、ロックダウンになってから10日が過ぎた。フランス全土の学校が休校になってからはすでに2週間ほどが経過している。その間、息子は一歩も外出せず自分の部屋に籠り続けてきた。毎日何をしているかというと、平日は先生たちとオンラインで繋がり授業を受けている。フランスは日本よりもパソコンを授業で使う率が高く、中高生くらいになるとほぼ全員がネットで繋がっている（中高生を繋ぐ全仏ネット網がある）。なので、普段学校に行くのと同じように、息子はパソコンを通して朝から夕方まで授業を受けているのだ。ネットの学校の中では、テストもあるし、質疑応答も出来る。ネットを通して、勉強を前に進めるシステムがもともと整っていたということだ。勉強が終わると、仲間たちとゲームサーバを介して仮想空間で集まり、遊んでいる。なので、息子は外に出る必要がなかった。ただ、親としては家にいることは安心だが、健康面が心配だ。

パリ郊外に住む息子と同じ年の16歳の少女、ジュリーさんが新型コロナのせいで死亡した。ジュリーさんは1週間ほど前に軽い咳が出始め、21日に病院に行ったが陰性と診断された。その後悪化、数回検査を受け、最終的に陽性と結果が出た時には手遅れだった。疾患もない健康な若いジュリーさんが亡くなったことでフランス全土に衝撃が走った。この子の死は瞬く間にフランスの中高生たちにさらなる恐怖を植え付けることになった。

こういうニュースが途切れないので、新型コロナの恐怖から子供たちは外に出たがらない。現実を見たくない、だからネットの世界に潜り込んでしまう。しかもネットでも、怖い情報が渦巻いている。ますます、出られなくなる。しかし、育ち盛りの中高生が部屋からほとんど出ないのは身体に悪い。子供を心配する親のメンタルも悪くなる。ロックダウンが進むにつれ、ウイルスを怖がる子供たち、そんな子供たちを心配する親たち。この先の展望が見えないせいで、誰もかれもが鬱々としている。この結果、家庭内暴力（DV）が僅かこの1週間でこれまでよりも30％も増えた。

そこで急遽、その相談窓口として薬局が対応にあたることになった。薬局とスーパーはロックダウン中でも店を開けている。家には相手がいるし、子供もいるので、被害を受けた人は買い物のついでに薬局に行き、相談をする。警察も人が足りないのである。誰にも喋れないことが被害を拡大させる。そこで薬局でまず相談をするのだ。ここから警察への通報が行われ、DVの被害を抑えていこうという試みである。ロックダウンが人々に与えるメンタルの問題は今後も増え続けることだろう。残念なことに、フランスのロックダウンは4月15日まで延長が決まった。最低でも4月15日まではロックダウンが続く。家でじっとしていられる人ばかりではないので、メンタルの綱渡りが続くことになる。

今日、やっと息子を外に連れ出すことに成功した。数日前から
「明日は一緒に走ろう」

と言い続けてきたが、勉強があるからと断られ続けてきた。

「このままじゃ、病気になる。パパが一緒に走るから、出よう。大丈夫だ、パパが一緒に走るんだから。世界は何も変わっていない、ちょっと出れば分かる。光は溢れていて、気持ちいいぞ」

と説得し続けた。ジャージに着替えた息子を連れて、近くの公園へと向かった。ジョギングをする人たちとすれ違った。

「ほら、何も変わらないだろ」

「うん」

「ちょっと走ろうか」

二人は30分くらい走って家に戻ることになる。息子はバレーボール部員なので、逞(たくま)しい身体を持っているが、まだまだ16歳である。30億人もの人が家から出られないこのような世界を前に怖がるのは当たり前のことだ。幸いなことにロックダウンが始まってからずっと快晴で、この天気は来週も続く。明るい光が家の中に差すのは有難い。走ったことで、なんとなく、息子の顔付きが変わった。

「明日も走ろう」

と言ったら
「うん」
と返ってきた。

八百屋で買ったプンタレッラというイタリアの野菜とサルシッチャ（イタリアのソーセージ）を使ってパスタを作った。春のまだ少し力のある風が抜けていく食堂のテーブルに並んで座り、ランチをした。やはり運動をした後は食事も美味しいし、気分も変わる。ロックダウンと言っても1時間程度の運動は認められているし、食材の買い物は自由に出来る。後はウイルスの感染が落ち着いていくのを家で静かに待つことしかぼくらには出来ない。

「Restez à la maison（家にいよう）」という合言葉でフランス全土は繋がっている。しかし、残念なことにそれでもルールを破る者がいる。ロックダウンが始まってからこの僅か10日間で26万人もの人たちが検挙され、罰金をとられている。

「日本も感染者が急激に増え始めたんだよ。いよいよ外出制限が始まるかもしれない。今週末は都知事さんが外出の自粛を都民に訴えた」

息子は黙々と食べている。ぼくはネットニュースを開き、大勢の人で賑わう東京の花見の様子や、渋谷や原宿に集まる中高生の画像を息子に見せた。息子はちらっと見たが、再びパスタを頬張った。

息子は食べ終わると、自分の食器を持って立ち上がった。そして、こう言ったのだ。

「パパ、桜は来年も咲く。再来年も咲くんだけれど、昨日亡くなったジュリーさんはもう来年咲くことが出来ないんだよ」

# 第3章

# 体も心も
# 疲れ果てた時だからこそ

## Posted on 2020/04/01

某月某日、西村経済再生相は「緊急事態宣言は欧米都市で見られるロックダウンとは異なり、都道府県知事がイベントや施設の利用制限を指示するもの」だと説明。「強制力を持たず罰金もない緩やかな手法で感染症を封じ込めるもの」ということらしい。実際に出てみないと比較は出来ないが、フランスのロックダウンとは違うようだ。

日本のみなさんに、辻家は大変なことになっていると思われているようで（なっているのだけれど……）、ここ最近は音信のなかった人からも「大丈夫？」とメールが連日届くようになった。不便なんでしょ？　家から出られないんでしょ？　辻さんと息子さんの精神状態が本当に心配です、というような……。そこで、今日は昼食後、ぼくが買い物に出掛けた午後のひと時を日記風に掲載し、一緒にロックダウン下のパリを歩いてみたらどうかな、と思った。みなさんがイメージしているロックダウンと一致するだろうか。もしも東京が封鎖されたのなら、きっと、パリのよりもさらに緩やかなものになるのじゃないか、と想像している。そう思いながら、この先を読み進めてほしい。

東京圏「東京、神奈川、埼玉、千葉」の人口は約３０００万人、東京都は１４００万人くらいだろうか。パリの人口は約215万人、パリを中心に置くイル＝ド＝フランス地域圏は1221万人である（パリ市の大きさはだいたい東京の山手線の内側と同じ）。メガシティ東京とパリ市を比較するのはちょっと無理があるけれど、でも、一つのシミュレーションにはなるかもしれない。

ちなみに、ロンドン人口は約890万人なので、どちらかというとロンドンの方がパリよりも東京に近いと思う。東京がロックダウンをするならば、ロンドンが現在行っているロックダウンの方法を模範にするのかもしれない。ロンドンの方が、パリの制限よりも緩やかだということを聞いたことがある。これは規模感の差もあるだろう。武漢の人口は1108万人なので、東京と並んでいる。武漢のロックダウンのインパクトが大きかったので、どうしてもあのイメージが頭から離れない。あれだけの大規模な強制力の強い封鎖や統制のとれた集団的隔離は社会主義の国にしか出来ないことかもしれない。

さて、午後、ぼくは一人で買い物兼健康維持のための散歩に出掛けることになった。スポーツをする場合、その範囲は自宅から1km以内、1時間以内と制限されている。普段意識したことがないが半径1kmというのは意外にも広範囲だった。しかも、買い物は距離の制約がなく、自由に買いに行くことが出来るようだ（ようだ、と不確かに書いているのは、急なロックダウンだったので、細かい内容が日々、少しずつ変更になるから。罰金が日ごとにどんどん跳ね上がっていったように）。ともかく、なんとかなるだろう。お酢とか、味噌とか、醤油とか、日本人に必要なものを買いに行くのだから、許して貰えるはずである。

少し離れたところに和食材も置いてある大きなスーパーがある。そこまでキャリーバッグを引きずって行ってみることにした。家を出ると、快晴だからか、あれれ⁇　いつもより多くの方々がジョギングや散歩をしている。この景色はロックダウンになる前となんら変わらない。ちょっと心配になった。今日はいつもより、人出が多い。これじゃ、大統領が怒るのも無理はない。子供連れのお母さん、走り回る子供たち、犬の散歩をする人など。こういう景色を見たら、日本の人たちはロックダウンについてどう思うだろう。

セーヌ河畔は立ち入り禁止になっていたが、近くまでは行くことが出来た。観光客がゼロ、鴨(かも)たちが河畔を独占している。ロックダウンが出てから、パリは動物たちの天国となった。鴨、うさぎ、きつね、そして、鹿まで……。さすがにここはあまり人がいなかったので、立ち止まらず、スーパーへと向かった。

八百屋が開いていた。店先に並んだミカンの上に黒い鳥が舞い降りた。フランス名はメルル（日本名はクロウタドリ）という。店主がやって来て、あいつ、奥の葡萄(ぶどう)を狙っているんだよ、と言った。

「どこのミカン？」

「スペインだよ。甘くて美味しいよ」

ぼくと店主は結構な距離（ソーシャル・ディスタンス）を保っている。フランスでは1mの距離を保たないとならない。イギリスでは2m。くしゃみが飛ぶのが5mと言われているので、人が近づいて来ると5mくらい逃げ回っている人もいる。ぼくは2mかな。2mが今後きっと国際基準になるような気がする。

ちなみにぼくは外に出る時は、マスク、眼鏡、ハンチングにサージカル手袋までしている。これで感染をしたら、世界中の人が感染者になるだろう。もちろん、買ったミカンは消毒剤で洗う。生野菜は不確かだというので、今は食べない。野菜は全て火を入れるか、茹でている。

さあ、スーパーに着いた。和食材コーナーにキリン、アサヒ、サッポロビールがあった。素晴らしい。キッコーマンの醬油、ブルドックソース、ミツカン酢、などを買い漁った。めっちゃ日本じゃん。だって、和食が食べたい！

レジで会計をしたのだけれど、レジ係の人の頭がすごい。

「あの、すいません。素敵な頭髪なので、その、写真を撮ってもいいですか？」

実はこの店員、無口でぶすっと態度が悪かったのだけれど、そりゃ、そうだよね、マスクしてゴム手袋の日本人って怖いし。でも、笑顔でお願いしたら、照れながら、

「いいよ」

って、撮影させてくれた。ラッキー。こんなすごい頭髪と出会うことなんて一生に一度か二度しかない、根本、どうなってんの？　盆栽？（笑）

と、その時、窓の外に警察の車両が止まった。中から出てきた警官が通行人を呼び止め、不意にコントロールを始めた。やばい。ぼくは携帯を取り出し、グーグルマップで家からここまでの距離を測った。１㎞ちょっと、１００ｍくらいはみ出している。

「どうしたの？」

とボンサイキング（レジ係の人）が訊いてきた。

「いや、スポーツの場合、１㎞を超えちゃダメでしょ？　超えている感じなんだよ。ほら、警察がコントロールを始めた。罰金、２００ユーロ（約2万4000円）はきついな」

と言ったら、ボンサイキングが、

「買い物は大丈夫だよ」

と言って、笑いだした。後ろのマダムも、

「ちょっとアバウトだけれど、買い物に距離の制限はないのよ、出来るだけまとめて買うよう

にって感じかな」

と教えてくれた。

「やっぱり、そうだったかぁ、Merci」

分かってはいても警察は怖い。スーパーを出て、警官たちの横を恐る恐る通過したが、呼び止められなかった。明らかに食材が詰まっていると分かるキャリーバッグを引いていたからかもしれない。

ぼくの代わりに自転車に乗っていた青年が呼び止められた。仕事です、と彼は説明していたが、結構、細かくチェックをされていた。


家路の途中、可愛い水仙が咲いていた。春を告げる優しい花だ。ぼくは暫く、その花を見つめていた。優しい光が降り注いでいた。こんなに厳しい世界だというのに、春は訪れる。新型コロナが出現して、モノの価値観が一変した。これからの世界はきっともっと大変なことが待っているはずだが、それでも春は必ず来る。花は咲く、桜も咲く、夏も来る、秋も来る、雪だって降るのだ。ぼくは振り返った。通りを渡る老夫婦がいた。新型コロナに罹らないで、と祈った。子供の手をひく若い夫婦が横断していた。この子の未来が明るいように、と願った。そこにいつもの変わらぬパリの風景が広がっていた。

家に帰ると、ぼくはまず、手洗い、嗽をする。醤油やソースやビールなどを石鹸水で洗い、水で綺麗に流してから冷蔵庫に仕舞う。バゲットは一度オーブンで焼き直してから食べる。63度以上で4分焼いたら、ウイルス飛沫も殺すことが出来るってなことを、ラジオで誰かが力説していた。

Posted on 2020/04/06

某月某日、新型コロナ陽性であることを告白していた英国のジョンソン首相が病院に搬送された。世界は目まぐるしく動いている。そして、いよいよ日本も緊急事態宣言を出す準備に入るらしい。ロックダウンのようなものとは全然違うし、今まで出ている自粛要請と大きく変わらないのだけれど、日本国民は真面目なので、緊急事態宣言によって、それまで出歩いていた人たちの意識も変わるかもしれない。けれども、その後も様子を見つつ感染爆発が起こったら、政治判断が求められる事態になるので、緊張感は依然持続することになる。

中目黒や三軒茶屋などで居酒屋を数店舗経営するZ氏から先ほど連絡があり、現状の政府のコロナ貸付などのスピード感では経営継続は難しく（彼の店はどこも満席だったのに）、結局、今月いっぱいで全店舗を閉めることになった、と言うのである。三軒茶屋や中目黒ではかなり有名な店舗だったので、ちょっと個人的にもびっくりしたけれど、彼のような経営手腕のある人間でも続けられないほど日本の飲食業界は大変なことになっているということか。地元の人たちはショックなことだろう。三茶の煮付けが食べられなくなるのか、と思うとただただ新型コロナが憎い。Z氏は必ず復活してみせるとメッセージをくれたので、彼の底力を、日本の底力を信じたい。

一方、イタリアの感染者数が横ばいになり、死者数は急速に減じている。フランスも前日比で

100人弱死者数が減少した。次第にロックダウンの効果が出てきたということだろう。ロックダウンを否定する人もいるけれど、もしやらなかったら、どうなったのかを考えて貰いたい。死者数の桁が違っていたであろう。

イタリアはピークを越えたようだ。フランスも今週にはピークを迎えるというのがもっぱらの意見である。で、フランスのメディアで連日話題になっているのが、「いつロックダウンが終わるのか」である。

ピークを過ぎ、集中治療室の患者がさらに減っていき、死者数も落ち着いた段階で、ロックダウンの解除を政府は宣言するかもしれないが、ある日、いきなりフランスが元通りになることはない。多分、地域別に解除が進み、しかも、生産力を持つ若い年代の人たちから社会復帰が始まり、学校の再開、そして経済を立て直しながらも、一方で、市民に対してはある程度の制限を残すのじゃないか、と言われている。

というのはここで元通りの生活にいっぺんに戻せば、感染が再燃しかねない。なので夜間外出禁止だとか、コンサートやイベントの自粛はもう暫く続くはずだ。カフェやレストランに関しては、様々な条件が付けられて、たとえばテーブルの距離とか、ギャルソンのマスク着用義務とか、こちらも段階的に様々な条件が出された上での再開となるのだろうか。けれども店が再び開くということは、補償の終わりを意味し、ここからの経営は相当厳しいものとなり、飲食店などは閉店を余儀なくされる店も出てくるかもしれない。ホテル業、観光業、航空会社も引き続き厳しいだろう。季節性インフルエンザのように、新型コロナが「季節」化するという話も出ており、フランスでは、この先も続く可能性が大きい新型コロナとの共生世界を視野に入れた政策を模索しているようだ。

人類はこの新型コロナウイルスの出現で、今後、価値観を変えることを余儀なくされるということだけは間違いないようだ。これまでぼくらが享受してきたような文明による幸福感、贅沢感、価値観を一度放棄せざるを得ない時代がやって来る、もしくは既にやって来たということかもしれない。

新しい価値観はこれまでの世界の経済の動きや政治の仕組みや人類の幸福感までをも変質させる物凄い強制力を有しており、この恐ろしいほどの変化によって人類は、全ての方向の変更を迫られ、全ての価値観の喪失(そうしつ)を命じられ、あらゆる幸福感を組み直さなければならない時代へと押しやられるのかもしれない。その全く想像も出来なかった価値観の中で、人類はこれまでとは違う生き方を模索することになるのだろう。ぼくはその精神的準備を始めている。

## Posted on 2020/04/06

某月某日、息子の大親友、アレクサンドル君のお母さん、リサから数葉（すうよう）の写真が届いた。それはパリ観光の中心地の1つ、シャンゼリゼ大通りの今現在の姿である。高級ブランドショップもカフェもレストランも全て閉鎖され、人っ子一人歩いていない。まるで核戦争後の世界のようだ。

リサとご主人のロベルトはロックダウン発動後初めて昨日、二人で家を出て、すぐ近くのシャンゼリゼ大通りを歩いたのだという。彼らはシャンゼリゼ大通りに平行して走る裏通りに住んでおり、門を出たら大通りまで歩いて20秒という距離である。

「ヒトナリ、私たちは2週間ぶりに家から外に恐る恐る出てみたの。そしたら私たちがよく知っていたあのシャンゼリゼ大通りではなかった、まるで文明の終焉（しゅうえん）を想像させるような光景が広がっていたのよ」

というメッセージが添えられていた。中国人観光客を中心に、世界中の人々で賑わったシャンゼリゼのぼくの最後の記憶は12月のクリスマスの時のものだった。街路樹には赤い照明飾りが施され、通りは縦列する車のヘッドライトで光の大河のようであった。

ご主人のロベルトはミラノに本社を持つ銀行に所属する国際投資部門の責任者で、普段は単身赴任でミラノ在住、たまたま2月の中旬にパリに仕事で戻ってきていた。その直後3月8日に人口1000万人規模のロンバルディア州（ミラノを含む）は封鎖され、本社から戻って来るな、という指示が出て、急遽パリ支社勤務となった。

さらに11日より全土が封鎖、その6日後にはフランスもロックダウン、すでにロベルトは7週間ほどパリの自宅待機が続いている。その間、ミラノから来たロベルトは病院で検査し陰性という結果を受けた。アレクサンドル、リサ、ロベルトはこういうタイミングで現在は奇跡的に一家三人で自宅で家族水入らずの生活を送っているけれど、あの時、パリ出張していなければ家族は分断されていたのである。

息子曰く、アレクサンドルはまだ一度も家から出ていない、らしい。彼らは心底この世界の状況を恐れているようだ。神経質なぼくよりもさらに神経質な人たちがいた。

実は、ぼくの周囲の家族でロックダウンが出てから一歩も外に出ていないという家族が数組いる。食料はネットで注文をし、まるで核戦争後のシェルターでの暮らしのよう……。

一方で、若い人たちが多く暮らす地区では、22度で快晴ということも手伝って、昨日の報道によるとロックダウンが行われているとは思えないほどの人出であった。これは感染ピークを越えたと報じられたイタリアのナポリとかでも同じで、長引くロックダウンに嫌気が差した人たちの法律違反が続いている。政府は当然危機感を募らせているので、罰金や刑罰はさらに跳ね上がる可能性がある。

1971年にフランスの歌手ダニエル・ヴィダルが大ヒットさせた「オーシャンゼリゼ」のメロディが空しく頭の中で響き渡る。フランスの象徴で、世界中の人々の憧れの大通りだったシャンゼリゼ、今はマスクをしたリサとロベルトの二人きりの世界となった。この想像を絶する映像がまさに新型コロナの威力と恐ろしさを物語っている。

Posted on 2020/04/07

某月某日、ロックダウン下では家庭内暴力（DV）が増えたり、夫婦間の仲が冷え込んだりするので、気をつけないとならない。ぼくは逆にこの厳しい制限下で父子の絆を強くすることは出来ないかと考え、いろいろなことを試すことにした。このロックダウンの生活をぼくは火星旅行の船内活動にたとえて息子に説明をした。ぼくらにはミッションがあるのだから、今は船内に閉じ籠って、健康や精神面での管理を徹底し、来るべく火星到着の日を待とうというのである。

もちろん、うちの子は16歳なので、そういう子供だましが効く年齢ではない。でも、子を思う親の気持ちが分からない子ではない。1日1時間1㎞以内のスポーツは許可されているのでぼくは息子を外に連れ出し、ジョギングを始めた。ロックダウンにならなければきっと息子はぼくと一緒に走ってはくれなかっただろう。子供部屋から出ないのはよくない、

「パパがお前をガードしてやるから安心して外で運動をしなさい」

と説得し走ることになった。身体を動かすと笑顔が自然に出てくるものだ。

ロックダウン生活が3週間目に突入したパリで生きる辻父子、家から出ないで、仲良く乗り切るためにぼくは様々な知恵を絞った。その一つに料理教室がある。大事なのはレシピを教える

ことじゃない。作ってみたいというモチベーションを自由に広げてあげることの方がもっと大事だったりする。

「ご飯一緒に作ろうよ、暇だし」

と誘ったところ、

「パパ、ぼくはインドカレーを前から作りたかったんだよ」

と言い出した。そこで、息子の大好きな仏人ユーチューバー（ジグメさん）の動画を二人でチェックすることから始めた。時間は湯水のようにあるので、最高のインドカレーを作ることを1日の目標にする。

最初の夜はカットした鶏肉をヨーグルトに漬け込みマリネした。包丁の持ち方、鶏肉の切り方、マリネの仕方などを教える。甘やかさないで専門的に教えてあげる方が逆に子供を本気にさせる。時には厳しさも大事だし、時には笑顔も必要となる。何より、楽しんで料理をすることが父子の絆を深めることに繋がる。そして、料理をしながら世間話、新型コロナの話でもいい、会えない友だちたちとどういうやりとりをしているのか、などの会話を通して、子供の精神状態を探ることも出来るという仕組み。塩胡椒した鶏肉に、ヨーグルト、スパイス各種（ガラムマサラ、カレー粉、ターメリック、コリアンダー、など適当に）、を入れてよく混ぜ、冷蔵庫で一晩か二晩寝かせる。なぜ、寝かせる必要があるのかなどを説明する。

美味しくなーれ、の魔法も忘れてはならない。これはうちの子が幼かった時によく教えていた言葉だ。子供は忘れない。二人の間に流れた時間が親子の記憶に刻み込まれる。

冷蔵庫でマリネされた状態のお肉を二人でチェックする。

「すでに美味しそうだ」

と息子は喜んでいる。ユーチューバーのレシピなどもう関係なくなって、自分たちのやり方を追求し始めている。家族間に愉しみが増える。まず、マリナード（フランス語で漬け汁に浸す調理法のこと）されたチキンを炒める。その時の息子の横顔は笑顔だ。塞ぎがちな子供たちの心を解放させるのに、料理はとっても素晴らしい方法となる。

たまねぎ、にんにく、生姜を炒め、ここにも好きなスパイスを加える。完成を想像させることが実は料理のコツで、一緒に食べたいインドカレーのイメージを徹底的に話し合うべし。そうやって生まれてくる具体的な完成形がぼくたちの到達地点ということになる。そこでぼくらは議論し合ってから、トマト缶を投入した。こういう発想が、一体感を生むのだ。ハンドミキサーの使い方を教え、ボウルに移した野菜をブレンドした。美味しそうなソースの香りがキッチンを満たす。さりげなく導いてやることが大事だ。子供にも子供なりのプライドがあるので、ちゃんと褒めるところは褒める。彼が出来なくても手を出しちゃいけない。よっぽどやばいことになった時だけ、さりげなく、注意する程度。自分で作らせることが大きな達成感を与えることになるからだ。そういうものは間違いなく、美味い！

肉を再び炒め、そこに出来たソースをかけ、さらに煮込んでいく。いい匂いだ。もちろん、二人で味見をする。お互いの顔を見合わせる、当然、満面の笑みになっている。さ、食べよう。二人で皿に盛る。

「パパ、待って。大きな器に入れて、自分たちで食べられる分だけ取り分けることにしよう。食べ残したらもったいない」

これである。こういうことを子供に言わせたかったのだ。食べ物を余さず綺麗に食べきる時、キッチンの神様は微笑むのだから。ロックダウン生活の中で、父子の絆は確実に強くなった。必ず火星に到着してみせる。

**Posted on 2020/04/10**

某月某日、ふと思いだすことがある。いつもの街角のカフェで、ピエールやアドリアンなど地元の仲間たちと「Ça va?（サヴァ）」と言い合い、握手して、コーヒーなんかをすすりながら、くだらない冗談を飛ばし合っていた、あのなんでもないけれどとっても幸福だった日々。ずっと快晴が続いているので、あの日みたいに、そこへ出掛けたくなるのだけれど、次の瞬間、外には出られないことに気がついて、茫然となる。収束も終息も見えない。

3月17日に始まったロックダウンはきっとひと月後かふた月後、解除されるとは思う。経済が成り立たなくなるからだ（集中治療室へ搬送される患者の数は減少してきているので、ロックダウンの効果はじわじわ出始めており、ピークが過ぎれば死者の数も減じるはず）。

しかし、ある日、突然、前のような日常が戻ってくることはないのだろう。なぜなら、新型ウイルスが完全にこの世界から消え去ることはないからだ。一度、南半球へ逃げたウイルスは、また冬前に北半球へと戻ってくる可能性が高い。

きっと、カフェやレストランの在り方もロックダウン解除後は全く違う状態になるだろう。ぼくが想像をするに、仮に営業再開が出来ても、暫くの間は、国から様々な指導が出る可能性がある。いちばん可能性があるのは、席の間隔。

フランスはこれまで、かなりぎゅうぎゅう詰めに座席が配置されてきたけれど、あのパリ名物のカフェの光景が多少変わるかもしれない。もしかすると座席が間引かれ、テーブルが離されることになる。そういう客数でカフェが営業出来るのか、利益を出せるのかという問題が次に出てくる。これは飲食に限らず、全ての店舗に同じようなことが言える。入場制限なども出てくるし、ロックダウンが解除されても、はいそうですか、とぼくのような用心深い人間が前みたいにデパートやマルシェやレストランに行くだろうか。贅沢をしたいと思わなくなった。高級レストランには残念だけど、かつてのような憧れが見いだせない。

一方で通販は躍進する可能性がある。代金をネットで払い、商品は玄関先に置くだけ、というのが今現在のロックダウン下のやり方で、これだと人と人が接触しないで済むのだ。ロックダウン後は感染の第二波を恐れながら人々は暮らすことになり、つまり、過去のような日常は消え去り、価値観が変わる可能性がある。

ぼくらは休みになると、飛行機に乗って、海外に行き、買い物をして、美味しいものを食べて、記念撮影をみんなでして、プールで泳いで、クラブで夜は盛り上がって、とやってきたけれど、はいそうですか、と元通りにはならないだろう。価値観が変わる。

今、ぼくが言えることは、出来る範囲で、新しい価値観に対応出来るだけの心の準備をしておこうということだ。いずれ訪れるアフターコロナの時代を、生き残るにはそれしかない。

仕事に行かなければならない人もいるだろう。満員電車に乗らないとならない人もいるだろう。でも、それは今から3週間前のフランスと変わらない。あの日、3月の初旬、フランスはまだ気がついていなかった。ぼくも……。この新型コロナウイルスを侮っていた。出来る範囲で、後は自分でよく考え、行動するしかない。もはや、誰も助けられない状態が近づきつつある。これは警告でもなんでもない、ぼくが3週間前の世界から言える現実的な言葉に過ぎない。

救いがあるとすれば、日本人の清潔好き、マスク好き、BCG※を受けていた国の人に死者が少ないという噂、アジア人の遺伝子は欧米人とは違うという説、感染例が少ないアジア人という数値、などなど。でも、どれもまだエヴィデンスがない噂に過ぎないけれど、もしかすると日本は感染爆発はしても死者数が伸びない要素もある。それは神頼みに近いけれど、あり得る。ぼくが祈るのは、神頼みに近い祈りかもしれない。しかし、たとえ欧米並みに感染爆発をしなくても、もともと神経質な日本人、日本社会だからこそぼくの友人の居酒屋のように経営が難しくなる可能性がある。つまりどんなになっても、世界の価値観はある程度、変わるのだ。

今は、生きることの意味からぼくは考え直そうとしている。そういう心構えが生き延びるコツかもしれない。

※……結核を予防するワクチン

**Posted on 2020/04/11**

某月某日、どこの町にも仙人みたいな浮世離れした人がいる。我が町にも、いつも葉巻をくわえ、よれよれの革ジャンを着て、プロレスラーみたいな体躯(たいく)、ギャングみたいな風貌、スキンヘッドで、不敵な笑いを浮かべ、近寄り難い男がいる。ある日、たまたまカフェで隣同士になり、よく通りですれ違う顔見知りだったので、話しかけたら、南アフリカの大学の先生だった。しかも哲学の博士である。人は見かけによらないと言うけれど、確かに、その典型的なパターンかもしれない。

夕ご飯を済ませ、仕事場の窓際から月を見上げていたら、

「よー、エクリヴァン(作家)」

と声がしたので下を見下ろすと、アドリアンだった。きっと、外出証明書など持たずにうろうろしているに違いない。葉巻をふかし、いつもの不敵な笑いを浮かべてみせた。

「元気？　なんも症状なしか？」

ぼくが、

「無いよ、そっちは？」

と訊き返すと、

「症状が出るのを待っているけれど、今のところまだみたいだ」

と面白いことを言ったので、

「どういう意味さ」

と訊き返した。

「遅かれ早かれ、人類のほとんどが罹ることになるんだよ。そうならないと、終息なんてないんだ」

そういう話を聞いたことがある。フランスの国民教育相のジャン＝ミッシェル・ブランケールが、科学者の間では最終的に（何を最終というのかは分からないが）50％から70％の国民が罹る、とラジオで豪語していたっけ。他にも同じようなことを言っていた医者とか知識人がいた。

「ぼくは罹りたくないね。罹らない残り30％の方に入るよ」

するとアドリアンは笑い出した。

「いいんじゃないの。日本人はマスク好きだから、可能だろう。でも、俺はあんなもので口や鼻を塞いで、日本人みたいに清潔に生きられない」

「なんで？」

「だから、簡単に言ってしまえば、とっとと罹ってしまいたいんだよ」

「そういうペシミスティック（悲観的）な意見は日々頑張っている患者に対して失礼だ、アドリアン」

するると、笑っていたアドリアンが真面目な顔になった。

「そうじゃない、ツジ。いずれ罹るなら、早めに罹って、不確かながら抗体を持ちたい。問題は重症化するかどうかだ。80％の人間は軽症で済むし、想像するに、無症状がほとんどなんだ。感染者数なんかあてになるものか、何倍も感染者はいる。重症化するのは65歳以上が全体の70％だ。俺は63歳だから、ぎりぎりセーフってことになる」

「アドリアン、お前馬鹿か？」

ぼくらは笑い合った。確かに罹れば抗体を持つことは出来るが、永遠ではない。その抗体がどのくらい持続出来るかは人それぞれで、中には3ヶ月で消えてしまう人もいる。中国では二度罹った人さえいるのだ。

「ツジ、俺の周りの仲間たちもみんな罹った。ほとんどがちょっと頭が痛くなり、倦怠感に見舞われ、喉が痛くなって、で、おしまい。もちろん、中には重症化して入院してしまった奴もいるし、俺の周りの奴じゃないけれど、大学関係者で死んだ人もいる。でも、全フランスの人口からすると、多くない。今日までに1万3000人ほどの死者が出ているが、インフルエンザに罹って死ぬ人の数を知っているか？　肺炎に罹って死んでいる人が何人いるか知っているか？　癌で死ぬ人や白血病で死ぬ人も大勢いるんだ。いいか、新型コロナだけが病気じゃない。その中に自分が入る確率はどのくらいだと思う？　っていうか、いつか俺もお前も死ぬんだ。ほとんどの人が無症状で終えているのがCOVID-19の正体だ。なんで、こんなにバカみたいに広まっているのかっていうと、こいつは新種のウイルスだから誰も抗体を持っていない。だから集団免疫がないせいで、物凄い速度で感染してしまう。潜伏期間が長いし、無症状者が多いから、リンクの分からない重症者が不意に出てみんなビビッてしまう。絶対に罹りたくないなら、無人島に行くしかない。核戦争下のシェルターに逃げ込むような感じにならなきゃならない。しかし、この俺が、そんな生活出来ると思うか？

出来ない。マスクをするのでさえも嫌なんだ。もちろん、重症化したくはない。呼吸する度にガラスを吸い込むような苦痛を覚えるのもごめんだ。でも、ならない可能性の方が圧倒的に高い。だから俺は、早めに罹ってだな、薄めに罹って、軽症程度で潜り抜け、抗体を獲得し、早めにこの精神的な苦難から逃げ出したいんだよ。俺にとっては罹ることより、毎日、家の中でじっとしていることの方が命を脅かしている。そういう人間も大勢いるんだ。政府はとっととこういう封鎖をやめて、みんなに感染させるべきだ。集団免疫を持つしか、人類がこのウイルスに勝つ方法はないんだよ。お前作家だろ？　そんなことも分からないのか？」

ぼくらは同じ月を見上げた。

「軽症で済むか、重症になるか、分からんだろ。16歳の女の子も死んだんだ。葉巻ばっかり吸って、いつも飲んだくれているお前が重症化する確率の方が圧倒的に高いと思うけどね」

アドリアンは苦笑しながら、肩を竦め、それから葉巻を美味そうに噴かしてみせた。

「ツジ、もちろん、国のルールは守る。国民としてそれが義務だからだ。でも、心が壊れてまで生き残りたくはないんだ。普通に生きていても交通事故にあって死ぬ人間が数えきれないほどいる。アフリカでは数秒に一人の割合で子供が餓死している。みんな騒ぎ過ぎるんだよ。バカみたいにビビり過ぎている。アホか。こういう意見を言うと、一部の人間に叱られるのは分かっているが、みんな怖がり過ぎているんだ。コロナに罹っても、どっちみち、重症化するまでは、病院のベッドは塞がっていて、入れない。でも、人工呼吸器を何週間もつけないとならない。苦しくなったら昏睡状態にさせられ、運が悪けりゃ、そのままあの世行き。そもそも特効薬なんかないんだ。罹ったら、俺は自分の部屋の鍵をかけて、そこで自分の運を試すだけだ。おかしいか？」

ぼくの知り合いの家族も新型コロナに罹ったが、ほとんど何も症状が出ないで終わっている。その一方、テレビでは病院で苦しんで死んでいく人たちの映像が流れている。アドリアンのような考え方を否定出来るだろうか、と思った。

「なあ、ツジ、お前もここに来て、一緒に月を見上げよう」

ぼくはかぶりを振った。

「アドリアン、もし、ぼくが独り身だったら、君と同じ考え方を持ったかもしれない。でも、ぼくには守らないとならない息子がいる。そして、もし、自分が重症化したら、その子の面倒を見ることが出来なくなる。彼は欧州で独りぼっちになる。ぼくは絶対に罹れないんだよ。その上、仮に自分が重症化しなかったとしても、疾患を持っている人やお年寄りに移すかもしれない。集団免疫の考え方は正しい。でも、そこへ行くまでにはいくつかの段階が必要だ。あの春の月はこの窓辺からだって見上げることが出来る。だから、遠慮しとくよ」

　アドリアンは肩を竦め、

「君は正しい。日本の作家よ」

　と言い残し、歩き出した。彼も苦しんでいるんだな、と思った。

「Bonne soirée（良い夜を）」

　とぼくは哲学者の背中に向かって声をあげた。アドリアンは手を振って、よろよろと去って行った。そうだ、彼には家族がいなかった。ずっと一人で暮らしている。もし彼が重症化したら、どうする気だろう、と考えた。鍵をかけて、そこで完治するのを待つのだろう。ぼくは騒ぎ過ぎているのだろうか、それとも正しく恐れているのだろうか。

## Posted on 2020/04/12

某月某日、いったい、何が起ころうとしているのかを今日も1日、必死で考えていた。価値観が変わる、とテレビなどで語ったし、日記にもそんなことを書いたけれど、夜が明ける度に、事はもっと深刻かもしれないと思うようになってきた。

吉祥寺の繁華街を歩く大勢の人の写真をヤフーニュースで見つけ、みんな何しているんだろう、と思った。ぼくがパリの穴倉のような部屋で一人未来を想像しうなだれているのがバカみたいじゃないか。この現実を前に、いったいぼくに何が出来る。欧州はちょうど復活祭（パック）の週末だが、テレビ画面に映し出されたバチカンの映像には、例年のような大勢の信者の姿はなく、たった一人、誰もいないサン・ピエトロ広場の中心を移動する教皇の姿があった。

ぼくは外出証明書に日付と時間とサインをし、マスクと手術用手袋をして外出した。春の陽気の中、マスクをした夥（おびただ）しい数のフランス人が封鎖された通りをまるで亡霊のように、行く当てもなく歩いている。しかも、誰もが社会的距離（ソーシャル・ディスタンス）を保ち、お互いを避けるように、回避しながら歩いているのだ。

フランスは世界で4番目に新型コロナによる死者が多い国となった。ちなみにアメリカは2万人が死んで世界1位に。上位はG7の国々（スペインを除く）で、先進7ヶ国が真っ先にこのウイルスによって大打撃を受けたことを物語っている。

アメリカが大変なことになるぞ、と何度もぼくは日記で警告してきたのに、ぼくの助言に耳を貸さず（笑）、トランプ米大統領は米国には全然コロナなんかいないと呑気に言い続けていた。ぼくがずいぶん前の日記で「WHOのバカ」と書いた時に、WHOの関係者と思われる人たちから大量の批判メッセージが送りつけられたことがあったが、可哀想なことだな、と思った。正義感の強い人たちが利用されているのに過ぎない。内部に少しでも気骨のある人が残って、営利主義と戦っているだろうことを祈ってやまない。

さて、本題に入る。このウイルスの正体は人間を引き裂く悪魔なのだ。このウイルスは簡単に言ってしまえば、人間と人間を引き裂く兵器のようなもの。人間という生き物は結び付きを求めて集い、集合体を構築し、その結び付きによって生まれるありとあらゆる利益で生計を立ててきた。経済などはまさしく人間を繋ぐことで成り立っている。貨幣はその媒介物、或いは価値尺度として生まれた。人間がどのように繋がっていったかで貨幣の価値や重みが変動する。多くの人間が欲望というエネルギーに動かされ、経済を膨張させた。その根本には人間と人間が結びつこうとする磁力が存在していた。

ところが人間の繋がりを断ち切るのが新型コロナウイルスが持つ毒性なのである。人間と人間を引き離すという誰もが考えもつかなかった破壊力はまさに、愛に対抗する存在、現代の悪魔かもしれない。これが世界で炸裂をしたことによって、今日現在のカタストロフ（変革）が起きている。人が人を遠ざけないと生きてはいけない世界の到来は、いったい人間に何を持ち込むことになるだろう。経済にとっては致死率が高過ぎる。

音楽や演劇や映画などの文化にもこれまでにない衝撃を持ち込んだ。劇場でライブや演劇が出来なくなった。人が集まる空間で、文化を共有することが難しくなった。旧来の、ある種の音楽や演劇や撮影などに支障をきたしている。宗教にも大きな影響を及ぼす。韓国の大邱（テグ）市の宗教団体、フランスのミュールーズの宗教団体から感染爆発が起きたことが象徴的だ。世界中の宗教施設に人が集まることが出来なくなる。そればかりか、政治の中枢（ちゅうすう）でも感染者が出て、政治的判断に遅れを生じさせている。フランスではロックダウン前に、国会でクラスターが発生した。人と人を引き裂くのが新型コロナの使命なのだとしたら、とぼくは考察した。

ワクチンが出来るのはいつだろう。ワクチンが出来ても、ウイルスが消滅することはないだろう。夏の間一瞬消えたとしても、季節性のインフルエンザのように、この悪魔は毎シーズン出現してくるかもしれない。

夏までに世界にある飛行機会社の半分が倒産するという予測が出た。倒産しないまでも、各国政府の救済が必要になるだろう。観光地として成り立っていたイタリアやスペインやフランスに多くの感染者が出ている。人々はローマの遺跡やバルセロナのサグラダファミリアやパリのシャンゼリゼにこれまで通り集まることが出来るだろうか。

ホテルやレストラン、観光会社、タクシー会社、バス、鉄道、ありとあらゆる公共の移動手段、もちろん、クルーズ船も、これまでのように人を集めることが出来なくなる。

映画館、劇場、ライブハウス、クラブ、ディスコ、繁華街に立ち並ぶ風俗店、風俗に関するビジネス全般、ありとあらゆる集会、講演会、演説会も出来なくなるかもしれない。学校もそこに含まれるかもしれない。

スポーツは無観客試合が主流になり、種目によっては触れ合うことが危険なので、相撲とか、プロレスとか、ボクシングなど、試合そのものが出来なくなるかもしれない。会議の仕方も、授業形態も変わるだろう。受験がこれまでのような形式では難しくなるかもしれない。

全てがオンラインに変更されることになり、人間と人間の間に距離と冷淡さと乖離(かいり)が生まれるようになる。もちろん、ハグも、ビズも、握手も出来ない。極端なことを言えば、全てが画面を通してのやり取りに変わるかもしれない。貨幣は危ない。電子マネーへの移行が加速するかもしれない。レジも危ないので、ロボットや監視カメラや自動のセルフレジか、或いは両替所のような形態になる。ものの売り買いに人間が関係しなくなり、雇用も減る可能性がある。

それればかりではない、人間味あるやり取りが消えるので、人間そのものの感情の動きも変わるかもしれない。お笑いは消えないかもしれないが、笑う基準が変質する。爆笑問題も2mくらい離れて漫才をやらないとならなくなり、太田光のボケに田中裕二が素早く突っ込めず、キレがなくなるかもしれない。浜ちゃんがまっちゃんを叩けなくなる。テレビも人類の流れに即して、少しだけ様変わりをするだろう。幸福というもののイメージも大きく変わってしまうかもしれない。

ぼくは車の走っていない大通りの真ん中に仁王立ちし、まばゆい春の太陽を見上げながら、そっと息子の未来を案じた。このウイルスは人と人とを引き裂くのが目的なのだ。それでも、ぼくは方法や形態が変わろうと、変わらぬ人間らしさで、みんなと繋がり続けたい。

Posted on 2020/04/12

某月某日、ロックダウン下にありながら、1日一度、外出証明書を携帯し、健康維持のために小1時間近所を散歩している。世界が新型コロナのせいでこんなに悲しい毎日だというのに路地の一角や、封鎖された公園の一隅や、誰かの家の窓辺に今年も春が訪れた。この自然の美しさの前で、ぼくは動けなくなる。自分も実はそこの一部なんだと思う。そことは春のことだ。もしくは自然かもしれない。

ぼくらが怯えている現実の世界にまた春が来た。

いつもの春だけれど、なぜだろう、いつもとは違う春に見える。いつもは気にもしない草花なのに、今年はこんなに気になってしまう。誰にも期待されずに咲かせた花なのだろうに、ぼくはこんなにも励まされている。

優しい風が流れていく。眩しくて思わず、目を細めてしまう。

もしも、ロックダウンが出されなければ、ぼくはきっとこうやってこの瞬間の草花のことにはきっと気がつかなかっただろう。

こんなに時間を持て余さなければぼくはきっとこの小さな花たちを素通りしていたかもしれない。これまで当たり前だった世界とは違うところに本来の世界があることに気付かされた。

## Posted on 2020/04/14

某月某日、ロックダウンからひと月が過ぎ、昨日、さらにひと月間の延長が宣告された。もう日付の感覚もないし、正直、今日が何曜日でも関係ない状態を生きている。辛うじて、連載や原稿の締め切り日があるので、なんとか、もっている状態。買い物袋を摑んだぼくは、息子に

「パパ、今日、祭日だから、スーパーやっていないよ」

と言われ、

「祭日なんか関係ないじゃん」

と八つ当たりしてしまった。実は、精神科医の先生がテレビで、ロックダウンは3週間目あたりから精神状態が不安定になるから注意、と言っていたのを思い出した。思い当たる。5月24日に予定されていたオーチャードホールでのワンマンライブも延期になってしまったし、パリのライブも一応、9月に予定されてはいるけれど、これも無理だろう。人生のビジョンみたいなものも前ほど持てなくなってきた。映画「真夜中の子供」の製作も中断したままで目途(めど)は見えない。日記を書くことで、なんとか、自分を維持しているというのが正直な今の状態。料理作りに火が付いた息子君だけが、辻家の希望の星である。

朝も毎日、10時過ぎ、下手すると11時くらいに起きるようになった。食べることしか愉しみが

ないので、太り過ぎないように注意をしている。絶対、コロナに罹れないので、健康には気をつけているのだけれど、宇宙飛行士にはミッションがあるから頑張れたとしても、今のぼくにはどんなミッションがあるのだろう。
「パパ、生き抜くことだよ」
と昨日、夕食後、息子に諭され、泣きそうになった。きっと、こういうパンデミックはこれからどんどん出てくるような気がする。

ともかく、ぼくにとって、いちばんの問題はこのようなロックダウン下にあって、どうやって自分の精神を整え、奮起し、乗り切っていくのか、ということである。やる気が出ず、目標を見失い、ぼんやりしてしまう毎日。散歩に出て、沈む夕陽なんかをぼんやり眺めながら黄昏ている自分、まるで老境の域だ。人に会わないので、いつもジャージ姿だし、お風呂は好きだから入るけれど、洗った頭はそのまんま。息子の前でカッコつけてもしょうがないので、だら〜っとしてしまう。たまに、鏡に映った自分に愕然とする。ああ、辻のおじいちゃん！

しかし、人に会えないので、おしゃれも出来ないし、おしゃれに何の意味があるのか、と笑いが起きてしまう。あんなにいっぱい服を買ったのに、今いちばん役立っているのがジョギングウエアで、気がつけばそれしか着ていない。生活上でいちばん利用しているのは買い物用のエコバッグだ。この倦怠感は今現在、世界中の人が抱えているもっとも大きな毒性じゃないだろうか。

ぼくはもともとひきこもり体質だったので、家にいることはそれほど苦じゃない。おうち大好きなおじさんなので、外出しないでもやっていくことが可能だ。新型コロナは無気力まで持ち込んできた。ロックダウンじゃなく、みんなが動いていないこの停滞した空気感や、ひたひたと世界中に蔓延する暗い現実感とか、そもそも、生きることとの張り合いのようなものまでもが奪われていくことに、問題がある。テレワークには限界があるし、店を閉めている人はいつ再開出来るか物凄く気を揉んでいるだろうし、ロックダウンが解除された後、それ以前の夢や積み上げてきた成果が消え去っていて、逆に死を考えてしまう人が増えないか、心配になる。

日本の場合、ロックダウンじゃないので、そこらへんがむしろ不透明だから、お金の問題で悩んでいる知り合いの経営者が多く、励ましたいけれど、簡単じゃない。そういう全体から押し寄せてくる無力感が怖い。これを頭で理解し、価値観を変えて、価値観が変わったのだ、と理解して、乗り越えていく力にしないとならないのだろうけれど、これが本気で容易じゃない。能天気な人たちをバカにしていたけれど、今は考え過ぎるのも問題かもしれない。なるようになるよね、と逃げる時があってもいいのだ。今日は能天気で生きよっか、と自分に言い聞かせている。

だっふんだ。

俳優をやっている若い子たちから、「半年先まで仕事がなくなったんすよ、辻さん、どうしたらいいでしょう」とLINEのメッセージが入った。人気のある子たちだけれど、観客があってこその生活だったので、またお芝居が彼らの全てだったので、ステージがなくなった現実は、これからじわじわと彼らの心を痛めつけてくることになる。電話をし、話し相手になった。演劇とか映画とかやっている人は大変だ。舞台はなくなるし、今は、映画の撮影だって出来る状態じゃない。映画も音楽もお芝居も全部、延期になり、中には期限切れになってやりたくても出来なくなるものも現れるかもしれない、と覚悟している。舞台しか生きる場所がなかった役者たちを励ます言葉が見つからない。

結論として、YouTubeの活用ですかね、となったけれど、それもやっぱ安易だし、甘い世界じゃないので、違うかな。何か出来ないか、頭をひねらないと。

そうだ、でも、こういう風に厳しい状況だからこそ、人類が経験したことのない逆境にいるからこそ、生み出せる何かがあるのじゃないか。誰かを批判したい気持ちも分かるけれど、そこには生産性がないので、この現状で出来ることは何か、自分と向き合うチャンスがあるのかもしれない、と考え直してみることかもしれない。ということを、ぼくは考え始めている最中だ。

終息後の世界に向けて、今は準備の期間に入ったのだ、と思うようにしている。ロックダウンがひと月延長された、ということは締め切りがひと月延びたということでもあるので、じっくりと作品に向かい合えるじゃないか、と自分に言い聞かせている。

作品を人生に置き換えてみるといい。人生を熟成させるため、意識を変える大事な移行期間になったのである。

まずは、髪の毛でも綺麗に梳(と)かして、起きたらジャージを脱いで、なんなら綺麗な服でも引っ張り出してみて、自分をしっかりと保つことが大事なのだ。

さて、こうやって文字にしてみたら、納得出来た。そして、単純なことに、気力が湧いてきた。昼飯でも作るか。まずは、腹ごしらえだ！

## Posted on 2020/04/16

某月某日、ロックダウン生活でぼくがもっとも強いストレスを感じるのは、食事を作ることじゃなく、食べ終わった食器をぼくだけが片付けなければならない、この不公平に対してである。

日本各地の主婦（主夫）の人たちにも同じような思いの人がいるだろう。新型コロナのせいで家族が家にいるので、その人たちの生活の世話をしないとならなくなった主婦（主夫）が今までにないストレスにさらされているのだとしたら、これほどの差別はない。

食べ散らかして、さっさと自分の世界に戻っていく家族。食器を抱え、キッチンまで運び、洗わないとならない奴隷のような自分の存在に、今日、ぼくはキッチンに積み上げられた食器たちを見つめながら、ついに怒りが爆発してしまった。ぼくは子供部屋の扉を（優しく）蹴飛ばして、

「たまには食器を洗ったらどうだ」

と怒ることになる。

そもそも、息子はグレタ・トゥーンベリ[※]の影響で環境問題にはうるさい。ならば、

「食べ終わった食器はすぐに洗わないと、食べ残した米粒が固まったらそれを洗うために大量の水が必要となるのだよ」

とぼくは怒鳴り込んだ子供部屋の中央で仁王立ちになって説教をした。

「そんなことも分からないで環境問題を声高に叫ぶ君たちはただの子供に過ぎない」

と叱った。きょとんとした顔で、息子はぼくを見上げている。

「パパ、そんなに急に怒らないでも、言われたら、僕も片付け手伝ったのに」

と笑顔で諭されてしまった。


ということで今日から食器の片付けは、食事作りに続いて、当番制となった。自分が料理をした時は食器も綺麗に片付ける辻家の新しいロックダウン制度の導入である。ぼくは息子に食器の洗い方を教えた。

まず、食べ残しの料理を小皿に移すこと、ラップで包んで、冷蔵庫に仕舞うこと。ご飯粒や食べかすなどは最初にゴミ箱に捨てるように。皿やコップやフライパンはサッと水で濯（ゆす）いでから食洗機に入れ（食洗機の詰まりのいちばんの原因になるから）、木の器やお椀（わん）などは手で洗う。洗い終わったものは裏返して水切りをする。割れそうなものは細心の注意を払って洗う。食洗機に洗剤を入れてから環境に優しいボタンを押す。洗い終わったもの、乾いたお皿は元の場所に戻すこと、などを順序立てて教えたのだった。

そして、初回なので、ぼくはバレーボールのコーチさながら彼の後ろに立ち、きちんと出来るかをチェックし続けた。

ロックダウン生活の中でいちばん大事なことは、日常を失わないことだ。だらだら生きていくと人間はとことんだらしなくなってしまう。その分、主婦（主夫）に負担が押し寄せる。ストレスの強い日々なので、誰もが公平に生きていく必要がある。役割を分担し、お互いのストレスを解消していかないと長いウイルスとの戦いには勝てない。

そうこうしているうちに、

「出来たよ」

と息子がぼくを振り返って言った。覗くと、シンク周りは綺麗に片付いていた。ぼくの口元が緩み、ストレスは消えた。

「おお、やれば出来るじゃん。よくやったな。これからは交代で片付けをやろう」

「うん。じゃあ、勉強に戻るよ」

息子はそう言って自分の部屋へと戻って行った。

めでたし、めでたし。

みんなで支え合って、力を合わせ、この長い戦いを乗り切るしかないのである。

※……スウェーデンの環境活動家

## Posted on 2020/04/19

某月某日、ロックダウンが始まって5週間目に入った。

毎日、一度は買い物か散歩のために外出しているが、それも長くて30分程度で、後はずっと家の中にいる。出掛ける時は相変わらずマスク、眼鏡、帽子、サージカル手袋を手放せないが、パリは日本の人がイメージするようなカオス状態ではない。むしろ、清掃車もごみ収集車も毎日やって来るので意外に綺麗なのだ。車が走っていないので大気汚染もなくなった。

このひと月、一度しか雨は降らなかった。後は快晴。

規則正しい生活をみんな送っているし、外に出ると、結構、散歩してるご近所さんとすれ違う。ただ、行きつけのレストランやカフェやクリーニング店や画廊や商店は閉まっている。この光景にも慣れてきた。

ブルドッグを連れているカップルがいたので、

「オリビエとローラだろ?」

と後ろから声を掛けた。二人は驚き、ぼくを振り返る。

「そこのワイン屋のエルベがね、君たちがこの通りに引っ越してきたことを教えてくれたんだよ。写真も見せられていたから、すぐに分かった。いつも、ブルドッグを2匹連れて散歩しているって」

「やあ、初めまして。ご近所さんだね」

とオリビエが言った。

「最近、越してきたのよ、こんなタイミングで」

とローラが苦笑しながら肩を竦めてみせた。

フレンチブルドッグがめっちゃ可愛かった。すぐにこの人たちだと分かったので声を掛けてみたのだけれど、とっても気さくな二人だった。

「これからワインを買いに行くところなのよ」

「じゃあ、エルベによろしく」

ぼくらは社会的距離(ソーシャル・ディスタンス)を保ったまま、別れた。ロックダウンの最中でも、こんな風に新しい知り合いが出来るくらい、ある意味、パリは長閑(のどか)になった。パリジャンたちがロックダウンとの上手な付き合い方を心得てきたようだ。

ロックダウンが始まった直後はみんな物凄く緊張していたし、引き攣(つ)っていたし、急にみんな消えてしまい、街が不意に静まり返った。でも、ある意味、ロックダウンの方向性が分かった今、力の抜き方、長期戦の戦い方が摑めてきたのである。

この先、4週間もロックダウンが継続することになったので、どこかで気を抜いていかないとやっていけない。本当に、長い戦いなのだ。長い戦いだと思っておくべきだ。短期決戦はこのウイルスにはあり得ないし、根を詰め過ぎると、身が持たなくなる。最悪なことは考えちゃいけない。楽しい音楽を聴いて、窓を開けて光を取り込み、こうやって社会的距離（ソーシャル・ディスタンス）を取りながら、一人で口笛でも吹きながら散歩していればいい。ぼくは「青空の休暇」だと思っている。

閉鎖しているカフェを曲がったところで、

「お元気ですか？」

とカップルに声を掛けられた。誰だっけ？　あ、上のフロアの子たちだ。一度、水漏れの時にこの若い二人と会ったことを思い出した。シアンスポという政治家や官僚を目指すような人たちのための大学に通っている。大学というより、そこは、もはや、エリートを育てる組織みたいなところで、なんと給料を貰いながら勉強することが出来る。官僚・政治家養成学校みたいなところだろうか。マクロン仏大統領もここを通過している。

「よくぼくのことを覚えていたね」

と驚いて返すと、

「実は、あなたが弾くギターと歌のファンになっちゃって。毎日、聞かせて貰ってるから」

とムッシュの方が笑顔で言った。

「マジ？　ロックダウンだからつい声が大きくなっちゃって、ごめん、うるさかったら言ってよ。抑えるから」

「ぼくら音楽が大好きだから、遠慮しないで、ガンガンやってください」

ちょっと世間話をして別れた。古い建物だから、壁も床も薄く、筒抜けなのだ。でも、音楽好きな二人でよかった。真上にリスナーがいると思うと張り合いが出る。明日から、遠慮なく、もうちょっと大きな声で歌わせて貰おう。


行きつけのバーの前で、オーナーのユセフと店員のロマンと常連客のピエールが集まって雑談をしていた。ちょっと距離が近い気がした。ま、ぎりぎりかな。

「おいおい、君たち、ロックダウンの最中なのに集会したらダメじゃないか」

ぼくが大声で忠告すると、三人がぼくを振り返りパッと笑顔になった。

「ツジー、生きていたか？　大丈夫か？　息子も元気か？」

ぼくは通りの反対側から、

「ああ、でも、何しているの？　だべっていると罰金をとられるぞ」

と警告をした。

「仕事だよ、書類を政府に提出しないとならない」

とユセフが書類を振って大声で言った。近づいて、雑談に加わりたいが、ぼくは社会的距離（ソーシャル・ディスタンス）を守って、通りを渡ることはない。

「みんな元気かな？　アンティーク屋のディディエとか、シェフのメディとか、カフェのクリストフとか、整体のパトリックとか、無事かな?」

と大きな声で訊いた。

「無事みたいだ。アドリアンは後で顔を出しに来る」

とピエールが言った。

「常連とかで入院した人とかいるの?」

「さあ、それは分からないけれど、今のところ近場はみんな生きているよ」

「生き抜こう。絶対に、罹るなよ」

とぼくが念を押した。

Oui,Oui,Oui(ウイウイウイ)と二人が笑顔で頷いた。人懐っこいいい連中だ。

「まだ、ロックダウンは後1ヶ月もあるんだから、気を緩めるな!」

とぼくは大きな声で戻した。

Oui,Oui,Oui(ウイウイウイ)と二人が笑顔で手を振った。

あの日飲んだロマンのマルガリータは最高だった。

渡仏して18年の歳月が流れている。気がついたら、この辺で知らない人間がいなくなっていた。態度がでかいし、目立つからね、仕方がない。新しくやって来た連中ともすぐに仲間になった。

ロックダウンが始まった3月17日、フランスの感染者数は７７３０人で、死者は１７８人だったが、僅かひと月で感染者数11万１８２１人、死者数は1万９３２３人になった。正直、もう、数字に麻痺してしまって、それが何を意味しているのか、分からなくなってきた。でも、減少に転じていて、じわじわとロックダウンの効果が出つつあるのも事実だ。

ぼくらにはいつの間にか、ルールが出来上がっていた。

社会的距離（ソーシャル・ディスタンス）を取り、感染させない感染しない地域を作ること、あまり暗くならないこと、必要以上に神経質になり恐れ過ぎないこと、ロックダウンの中でも明るく生き抜く、すれ違ったら出来るだけ笑顔で、人に優しく、差別をしない、こういう暗黙の了解だ。

通りですれ違う時には、誰からともなく、道を譲り、大きな社会的距離（ソーシャル・ディスタンス）を取るようになっていた。狭い店に入る時には、入場制限もあった。レジの前では２ｍの間隔を空けて待つ。ロックダウンシティの鉄則であった。

20時、いつもの医療従事者への感謝の拍手をする時間になった。息子が参加したのは一度だけだったが、ぼくは毎日欠かさず、窓を開けて、カルチエ（地区）の人たちと向き合い、手を叩いている。いつものメンバーが手を叩いていた。力強い拍手だ。

拍手が終わる頃、みんな「Bonne soirée（ボンヌ ソワレ）（良い夜を）」と言って窓を閉める。ぼくはいつも手を合わせ、最後に、ちょっとだけ祈っている。日本のことを祈っていることが多い。1万km離れた祖国が無事でありますように、と祈っている。

## Posted on 2020/04/20

某月某日、今日、息子にRODEのマイクを貸した。2時間後、かっこいいリズムが聞こえてきたので、覗きに行ったら、出来たばかりのスロー・ラップを聞かされた。

「何について歌ったの?」

「これは16歳の今を歌った。僕らはベッドから出ないで、仲間たちと携帯を通してネットフリックスを一緒に観て、家にいて、外では物凄い問題が起きているけれど、とにかく家にいて、それが僕らの人生だから、今はベッドの中から出るのはよそう、それが僕らの16歳だからって、歌なんだ」

と言われた。慌てて、携帯で流れている音を撮影して録った。

「これ、インスタにあげてもいい? きっと誰かに届くと思う」

「ああ、いいよ。べつに」

もはや世界は手に負えなくなってきている。思わぬ方向へどんどんこの星の運命が、まるで墜落する旅客機のような勢いで、どこへ向かおうとしているのか、パイロットにも分からない状態で、高層ビルに激突しそうになったので、驚いて目が覚めて、それが夢だと気がついた。

アメリカの各地でロックダウンに反対するデモが開催されたが、社会的距離(ソーシャル・ディスタンス)もへったくれもない。トランプ米大統領がこの抗議デモを支持しているというのだから……。

いろいろな国があって、考え方があっていいと思うけれど、冷静になるべき必要な時期に、真逆の方向に舵を切っているアメリカが正直、分からない。74万人もの感染者がいて、4万人が死んでいても、この状況を理解出来ない大統領、確かにアメリカはいつもそういう無茶ぶりで世界を牛耳ってきたのだけれど、時代遅れになっていることに気がつかず、銃砲店には行列が出来、未だにカウボーイ幻想に取りつかれている。

しかし、もう一つ冷静な目で見ると、74万人も感染者がいても、今を生きることの方が大事だと思う人の気持ちも単純に無視は出来ない。命が大事なのは当然だけれど、経済がその命を運んでいる。生きるか死ぬかを選択させるのがこのウイルスの恐ろしい毒性なのだということを世界中の人が、今、アメリカから学んでいる。


そういえば今朝、息子が死ぬ夢を見た。4階の踊り場から落ちたのだ。ぼくは息子の悲鳴を聞き付け走って踊り場に駆け付け下を覗き込んで目を見開いた。地面に叩き付けられている16歳を見て、大声を張り上げ、それが夢だと気がついて、目が覚めた。反射的に半身を起こしたら、長閑な春の光が窓から差し込んでいた。

フランスの精神科医が警鐘を鳴らしている。平気だとは思っていても精神のバランスを崩す人が出てくるので、出来る限りのんびりリラックスして生きるように、とテレビで語っていた。自分がどんなに頑張っても息子の未来を守ってあげられるか分からない。そういう世界への歯がゆさが、知らぬ間にぼくの精神を蝕んでいるのかもしれない。見えないところ、感じないところで、人類は心を痛めているのだ。コロナウイルスの思う壺であろう。人間たちを仲違いさせて、この星を滅ぼそうとする悪意がこのウイルスが持つ、もう一つの恐ろしい毒性なのだということを人類は悟らないとならない。

トランプ米大統領はＷＨＯへの拠出を停止させた。ぼくもずいぶん前に「ＷＨＯのバカ」という日記でテドロス事務局長を批判した。今もその考えに変更はないが、このタイミングでＷＨＯへの拠出を停止するのはいろいろな意味で世界にとってもアメリカにとっても危険なことじゃないか。医療制度の整った富裕国は時間がかかるものの、ある程度の収束をやり遂げられる可能性がある。

しかし、アフリカなどの貧困地域ではそれが出来ない。インドや南米でも同様な現象が起きるだろう。仮に、ＷＨＯの組織が破綻するとなるとアフリカを守れなくなり、アフリカでパンデミックが起こると、衛生上も医学上も人道上も手に負えなくなる。仮に先進国が新型コロナを抑え込んだとしても、アフリカでの大規模な感染爆発が起これば、地球は一つなので結局、再び大きな波が世界を覆うことになる。第二波、第三波が実はもっとも恐ろしいのだ。先進国でさえマスクも人工呼吸器も足りないのだから、ＷＨＯには腹が立ってしょうがないけれど、事務局長を替えることを条件に拠出をするとか、方法を考える必要がある。WHOに代わる組織が今、現在はないからだ。トップはダメでも、素晴らしい人材はいくらでもいる。

フランスがロックダウンをしてからひと月が過ぎたが、日々、この新型コロナを巡る世界情勢は変化している。どんなに学んでも追い付けないし、数字は倍々ゲームで日々膨張をしている。3月13日、アメリカの死者数は0だった。今は感染者74万人超、死者4万人超である。そのアメリカは市民が拳銃を買うために銃砲店に並び、ロックダウンに反対してデモをやり、社会的距離（ソーシャル・ディスタンス）など無視して、大統領に逆らう州政府を目の敵にしている。まさに、新型コロナの戦いは新しいフェーズに入ったということだろう。

**Posted on 2020/04/21**

某月某日、少し前から10時から19時までジョギングが禁止になった。それまでは息子と毎日走っていたのだけれど、新しいルールに変更になってからぼくらは走らなくなった。午前中は10時前にぼくが起きられないから、19時以降は物凄い人だからだ。どこもかしこも、ロックダウンだというのに、うじゃうじゃ出てきて一斉に走りだす。こりゃ、3密違反だ。

20時から医療従事者への拍手を毎日欠かさずやっているのと、その後は夕食だから、夜はもう走れなくなってしまった。息子に、

「一人で走って来いよ」

とすすめるのだけれど、

「パパ、人が吐き出す息は4〜5ｍも飛ぶんだよ。あの人たちの中に、感染しているけれど無症状の人とかいるでしょ？　そこで移らない保証はあるの？」

と言われ、走る必要はない、という結論に至った。厄介(やっかい)な時代である。

夕方、卵が切れていることが分かったので、近所のスーパーまで卵を買いに行ったら、仲間のピエールがランニング姿でやって来た。一応社会的距離(ソーシャル・ディスタンス)を保ち、ぼくらは通りを挟んで会話をし

た。

「ツジー、走らないのか？」

「ピエール、君、普段走ってたっけ？」

「いや、ロックダウンになってから走るようになった。家が狭いからさ、こうやってジョギングするのが今の楽しみなんだ。きっとみんな同じだと思うよ。そこの公園の周辺、１０００人は走っていたよ」

「知ってる、ちょっと、怖くて近づけない」

「まあな、でも、暗くなる前、夕飯の前となると今しか走れない」

普通の人は10時から19時まで家でテレワークをしなさい、ということだ。走りたければ早朝か、夜に走りなさい。で、ご年配の人や幼い子供連れの家族が日中散歩すればいい、という政府の考え方なのだろう。

「でも、走るのは健康にいいからね」

とぼく。

「ああ、実はうちの犬がこの素晴らしさを教えてくれたんだ」

とピエール。

ピエールはモップという名前のふさふさ毛の小型雑種犬を飼っている、というのかモップと二人暮らしなのである。ピエールがモップを連れて歩く姿がまるで清掃員さんに見える。可哀想だからモップって名前をやめようと言ったことがあるが、ピエールはモップのどこがいけないだ、と怒ったことがあった。本当に可愛がっているので、ま、いいか。

「うちのモップが毎日どんなにこの散歩を楽しみにしているのか、よく分かった。たまに、気分が乗らなくて、犬の散歩を忘れることもある。でも、モップはきっと1日中連れ出されるのを待ち続けていたんだよ、今の俺みたいに。だから、それを思うと胸が痛んだ。人間も犬も一緒だったんだって分かって、ロックダウンに感謝だ。だから、朝はモップを連れて散歩し、夜は一人で走っている」

ぼくは肩を竦めて、

「犬の気持ちが分かってよかったな」

と言っておいた。

「ツジー、俺たちは今、鎖に繋がれた犬のような状態だ。だからこそ、自由な日常の有難みがよく分かった。モップの気持ちも分かった。俺はいつも死にたいと思って生きていたけれど、反省した。今は生きる希望が芽生えている。だから、毎日、走っているのさ。悪いか？」

それはとっても素晴らしい結論だった。

「いいんじゃないの、じゃあな、ピエール」

「Bonne soirée（ボンヌ ソワレ）（良い夜を）、ツジー、もうちょっと走ってくる」

そう言い残して、ピエールは走り出した。ぼくも走らなきゃ。早朝か深夜にでも……。

## Posted on 2020/04/22

某月某日、これから買い物に行くという時に、息子がやって来て、

「今日も重装備だね」

とフランス語で言った。

「しょうがない」

と返した。この恰好で、2ヶ月前にこの辺をうろちょろしていたら、間違いなく警察に通報されていたことだろう。でも、今は誰も何も言わないし、もっと凄い恰好の、つまりギャングみたいな人が溢れている。マスクなんか絶対につけないと豪語していたフランス人の仲間たちも、今はみんな喉から手が出るくらいにマスクを欲しがっている。


外出する時は帽子で髪の毛に飛沫がかからないようにし、大きめのマスクをつけ、特大の眼鏡をかける。顔がほぼ、分からない状態になる。サージカル手袋も忘れない。だいたい三種類（ビニール製、ラテックス製、ニトリル製）売っているのだが、使用感がいちばん楽だったニトリルをぼくは使っている。

実は首からぶら下げてイオンを噴出するパーソナル除菌器も持っているが、それをぶら下げて歩くとさすがに人目を集めるので、相当混雑した場所（機内とか）じゃない限りは使わないこと

にした。なんか、あんまり重装備で出歩くと、元の世界に戻れなくなりそうで、マジ、精神的にやばくなりそうだから、この辺くらいでやめている。

フランス政府によると、5月11日のロックダウン解除予定日までに国民の5・7%の人間が感染することになるらしい。20人に1人の割合だが、それでも、集団免疫を国が持つことの出来る70%までにはまだまだ遠い（最近、フランスでは集団免疫そのものが本当に有効かという議論が繰り返されている。コロナの抗体を持っていても、理由は分からないが、持続しない人が結構いるらしい）。仮にフランス政府が集団免疫を最終的に目指しているとしたら、ぼくの運命はちょっと絶望的だが、昨日、再びばったりと会った哲学者のアドリアンは、ぼくの恰好を見て、

「お前、バカか？　空気感染はしないし、社会的距離（ソーシャル・ディスタンス）を取ってりゃ、絶対移らない」

と笑いながら言い切った。

「アドリアン、転ばぬ先の杖という日本のことわざを教えてやる」

アドリアンの笑いは収まらない。

「杖を早くから使うようになると足腰が逆に甘えて悪くなり早く年を取るってフランスでは教えられているんだ。その言葉をお前にくれてやる」

となじられ、悔しかった。

「笑ってろ、お前みたいに葉巻ばっか吸って、ワインばっか飲んでいると重症化したら取り返し

がつかなくなる。マジ、俺はお前がいちばん心配なんだ」

と言うと、彼は空を振り仰いで、

「ツジー、新型コロナから人類はもう逃げられない。俺は哲学者だから、分かる。1年後、インフルエンザのようなものになっている。どうも、新型コロナみたいだって、言う奴ばかりになるわけだ。実際、もうなっているだろ？　風邪を引くのと変わらない感じになる。致死率が一人歩きしているし、マスコミが煽り過ぎるんだよ。新型コロナが俺たちの生活の一部になるよ、インフルエンザのように。一つ質問だが、お前、インフルエンザの注射、最近、打ったか？」

「いいや」

「じゃあ、新型コロナのワクチンも最初だけだろ。そのうち、気がつかないうちに移されて、免疫を持つようになる。ツジー、お前もう免疫保持者かもしれないんだぞ。そういうことだ」

哲学者は笑いながら交差点を横切っていった。ともかく、ぼくはぼく、アドリアンはアドリアンなので、気にしない。ぼくはそれでも完全防備で外出する。哲学対新型コロナの戦いは続くだろう。しかし、いつだって、「誰の人生だよ！」でいくしかないのだ。

Posted on 2020/04/23

某月某日、収束はあり得ると思う。分裂や混乱が次第にまとまって収まりが付いていくという意味なので、この新型コロナ戦争混乱状態は現実を受け止める、ある程度の医学的成果が出始めれば一定の収束を見せるだろう。ロックダウンの解除などが行われているので、世界が収束へ向かいつつあるということは出来るかもしれない。しかし、物事が終わって完全に終える、止むという終息に関しては、ぼくは悲観的な意見しか持てない。それは単純にこの世界から風邪やインフルエンザが消え去らないことを考えれば理解して貰えると思う。

実は誤解しがちだけれど、風邪を死滅させる風邪薬は存在しない。対処の薬はあるけれど、頭痛を治めたり、喉の痛みを取り除く薬はあっても、飲んだら風邪ウイルスが消えるというものは未だ存在しないのだ。薬を飲んだら治癒しました、という風邪薬は未だ開発されておらず、それが出来たらノーベル賞と言われ続けてきた。新型コロナも風邪と同じコロナグループなので、なんで新型コロナの薬が風邪より早く出来るとみんな思っているのか、不思議だし、ちょっとした無理があろう。

風邪に効く薬と言われているのはアスピリン（咳を和らげる）、ムコダイン（気道の粘液を調整し痰を切り、粘膜の正常化）、アンブロキソール（気道粘液の分泌促進）、トランサミン（炎症を抑える）、ビオフェルミン（腸のバランスを整える）、カロナール（熱を和らげる）などだけれど、これらはウイルス自体をやっつける薬ではない。

抗インフルエンザウイルス薬のアビガンには期待がかかっているが、これも要は細胞内におけるウイルス、RNAの複製を妨げることで増殖を防ぐ仕組みの薬なので、臨床試験で結果が出れば大いに役立つとは思うけれど、予防薬でもなければ、これで新型コロナがこの地球から消し去れるというわけじゃないのだ。薬がRNAの複製を防げれば、快復を助けることには繋がるので、臨床結果を待ちたい。ワクチンの開発もしのぎを削って行われているのだけれど、新型コロナの変異が激しく、最近のインフルエンザワクチンがあまり効かないというのと同じ結果になる可能性もある。

フランスだと人口約6700万人なので、実に約4690万人以上の人が罹らないと集団免疫が獲得出来ないことになり、じゃあ、致死率が物凄く高いので、いったい感染者の中から何人死ぬことになるのか、と考えるとぞっとする（スウェーデンは大失敗をやらかし、政府関係者が軌道修正に追われている）。

アビガンやヒドロキシクロロキンには期待をしたいけれど、どちらにしても緊急事態宣言やロックダウンが解除された時に、はい、終息です、とはならないということだし、科学者たちの多くは、インフルエンザのようにこの新型コロナは世界に残り続けることは間違いない、と思っている。

WHOまでがまさに今日、「間違いなく、先の道のりは長い。このウイルスは長い間とどまるだろう」と科学者たちと同じようなことを言い出していて呆れ返った。初期の頃に、人から人への感染は少ないとか、旅行や貿易を阻害する不必要な出入国禁止はやめるよう世界に呼び掛けたり、実にいい加減なことを言っていたのに……。


そこで気になっているのは「終息するまで頑張ろう」というメッセージだ。人間の忍耐には限界があるので、いつかこの苦しみが終わると思うからこそ、試練に耐え、訓練などが出来るわけで、一生続くとなったら、絶望しかない。ぼくがこのロックダウン中に、何度か絶望をしたのは、新型コロナの感染力や致死率が具体的に分かった時に覚えた感情の墜落によって……。

今は考え方を変えた。これは終息しない。人類はずっと付き合っていくものだという認識に変更したのだ。そう考えるようになってから、ちょっと楽になったというのか、割り切ることが出来た。いつかは風邪を引くように罹る病気なのだ、と思うようになり、そのために免疫力をつけたり、そのための行動、予防など（この病を知ることも含め）を徹底するようになった。ある程度は収束するだろうが、前にも書いた通り、こういう感染症は第二波、第三波がさらに甚大な影響を及ぼす可能性が高いので、ロックダウンが解除されたからといって安心は出来ない。むしろ、再び人々が市中に出るので、大規模な再感染が始まるのは目に見えている。どうそれを防ぐか、どうやって軽症で終わらせるかをぼくは今必死で考えている。

## Posted on 2020/04/24

某月某日、今日は久しぶりにパワーがなかった。そんなに毎日、元気なわけがないのだが、6週間目に突入したロックダウン疲れが出ているのかもしれない。自分は大丈夫だと思っていたのだけれど、今日、ランチを作ろうと思ったら、いつもは湧いてくる親心が全く出てこない。仕方がないからこんな時のためにと備蓄しておいた冷凍のピザを取り出して、チン、して食べさせた。

「美味いか?」

と訊いてみた。

「美味いよ」

と息子心を炸裂させていた。夜はちゃんと作らなきゃと思って、ちょっと今日は仕事もやらず、ベッドで横になっていた。そのベッドの中で、もっと気分を下げる記事を読んでしまった。

日本で医療従事者への偏見と差別が拡大している、というニュースだ。専門家会議の尾身(おみ)茂さんが、「今日特に強調したいことがある。医療機関を含む様々な場所で偏見と差別が起きてしまっている。(中略)こうした影響は医療従事者の家族に対しても向かっている。(以下略)」と強く訴えていた。ちょっとびっくりする信じ難い内容だった。すると、看護師をしているうちの親戚から、「看護師さんがお子さんと公園かどこかで遊んでいたら、多分、非番の日だったのかな、近所の主婦の代表のような人が近づいて来て、どこどこ病院で働いている方ですよね、時期が時期ですから来ないで貰えますか、と言われたみたい。どう思う、ひとちゃん。泣きたくなるわ」というメッセージが届いたのだ。どのような状況下でそういう差別が起きたのか分からないけれど、ここのところ、似たようなニュースをよく耳にするので、結構社会問題化しているのだな、と思った。

欧州では毎晩20時に医療従事者への感謝の拍手というのが続いている。日によって、人数はまちまちだけれど、ぼくはフランス人じゃないが、休まず窓を開けて拍手し続けてきた。明らかに肌の色の違うぼくだから、最初の頃は誰もが目を合わせてくれなかった。ロックダウンから6週間目に入り、全ての隣人から手を振って貰えるようになった。外を歩いていると、ぼくを見つけて手を振ってくれる人もいる。何人なんて関係ない。彼らはぼくが日本人だということを知っているわけじゃないけれど、でも、何人なんて関係ない。それはぼくが本当に有難いと思うから叩いているのに過ぎない。でも、もちろん、出てこない人もいるのは知っている。息子もたまにしか、出てこない。それは個人の自由だ。

しかし、公園で「ここに来ないで貰えますか」と言った人に訊きたいことがある。

あなたやあなたの家族が感染をする可能性は逆に今だからこそ物凄く高いし、コロナは人を選ばない。その時、あなたは誰に助けて貰うつもり？　看護師さんの世話にはならないつもり？もし、感染が怖いのなら、怖がる気持ちも分かるから、百歩譲ったとして、あなたが公園から静かに去ればいいだけのことじゃないだろうか。非番の日に、お子さんと遊んでいる看護師さんに、「ここに来ないで」、というのは人間としてどうなのだろう。原発事故の時にも、福島から疎開してきた家族に同じような差別があったが、本質は一緒だ。ここはみんなでよく考えてみよう。もしも、このまま医療従事者への差別や偏見が続いたら、医療従事者の中に職を離れる人が出てくるかもしれない。そうなったら医療崩壊を加速させてしまう。尾身さんがおっしゃった負のスパイラルというのはそういうことを指している。お医者さんや看護師さんが頑張っているのは日本を救いたいという強い使命感からだ。

「ここに来ないで貰えますか」は、全国の医療関係者へ向けた悪魔の侮辱(ぶじょく)であり、責務を果たそうとしている人たちの意志をへし折る悪魔の言葉だ。そうなると困るのは、「ここに来ないで」と言ったあなた自身じゃないだろうか？

コロナの思う壺ではないか。

パリの6区に、さくらさんという日本人が経営するレストランがある。ロックダウンのせいで店を開けられないので大変苦しい状態が続いている。なのにこの人は、毎日、お弁当を作って、もちろん自費で、最前線の病院に届けているというのである。看護師さんや先生たちは大喜びだ。今日、たまたま、人伝てに聞いた。さくらさんに、連絡をしたら、この写真が送られてきた。いい写真だ。どんなお弁当だろう。お店が大変だというのに、素晴らしい活動だと思う。さ
さくれだっていた気持ちが楽になった。夜、息子に和風のクスクスを作ってあげた。

「美味いか」

と訊いたら、

「うん、いつも美味しいよ」

と返ってきた。息子心、炸裂である。

20時になったので、ぼくは窓を開け、いつもよりも力強く拍手をした。相変わらずのメンバーだった。ぼくらは笑顔で手を振り合った。

**Posted on 2020/04/25**

某月某日、今日はずっと窓を開けて、外を、というか空を見ていた。快晴ではなかったけれど、時々晴れ間のある、でも、本当に穏やかな風が吹き抜ける、いろいろな記憶をまさぐられる、心地よい1日だった。

ぼくは2020年の4月のパリにいるのだけれど、目を細めると、あの日が見えた。いろいろなあの日だ。あの日の連続が今、ぼくをここに連れてきた。

最初に思い出したのは、どこだろう、多分、バリ島のウブドじゃないか、と思う。蓮の池を見ていた。そうだ、その直後にスコールになって、視界が奪われた。ぼくは古い建物の軒先に退避したのだけれど、すっかりずぶ濡れだった。叩き付けるような雨のせいで、地面が乾いていたからか視界がけぶるようになって、一瞬で、ありとあらゆるものが、見えなくなった。少し落ち着くと、反対側の建物の軒先に東南アジア系のツーリストの家族がいて、いちばん小さな女の子と目が合った。不思議だけれど、不意に思い出した。その瞬間しか覚えていない。線画のような斜めに降りしきる雨の向こう側からぼくを見つめる少女。ぼくはたぶん、32歳くらいだったと思う。

瞬きをするとその日は消え、別のあの日が現れる。

あの日もやっぱりこんな感じの穏やかな空で、雲が、そうだ、雲がずっと海を覆っていたのだけれど、でも、不思議な安心感があり、不穏な気配があり、ぼくはまだ相当に若かったと思うけれど、何に対してか分からないけれど、生き急いでいた。[※1]ブライトンの浜辺で、長い桟橋（さんばし）が続いていて、そうだ、ブライトン・ピアがあった。英国のロックバンド「THE WHO」に関連した映画「さらば青春の光」に影響され、そこへ行ったのだと思う。でも、よく分からない。小さな町で、もう何も覚えてないのに、このブライトン・ピアをぼうっと眺めていた自分をなぜか俯瞰することが出来る。浜辺に立って、結構、波が高くて、曇天で、かっこいい、と思った。あの日のあの瞬間、吸い込んだ海の匂いとか風の音だけが記憶に残っている。

でも……その海繋がりだからであろうか、思い出した、25歳の夏、ブルックリンの最南端にあるコニーアイランドにぼくはいた。あの日、マンハッタンから地下鉄で行ったのじゃないか。ボードウオークがあって、ぼくはそこに立っていた。一人で行ったんだ。あの日、あの時も同じ優しい風が吹いていた。晴れているわけじゃなかったし、今日と同じように曇っていたけれど、でも、心地よい日だった。胸がちょっと切なくなる、淡い物語を思い出すような、匂いのある、春だったのかな？　遊園地があって、古いジェットコースターがあった。それが、まるで恐竜の骨のような、つまり化石のようなという意味だけれど、アメリカはたいしたことないなって思ったら、ぼくは笑ってしまった。でも、昨日のことのようによく覚えている。スティーヴン・ミルハウザーの小説『イン・ザ・ペニー・アーケード』（白水社）みたいな世界だ。でも、ボードウオークは好きだ。あれは人類が生み出したものの中で、いちばんウキウキさせられる仕掛けだと思う。あの海、あれも一つのぼくの物語の始まりだった。あの日だった。

アメリカは一度、アムトラック[※2]に乗ってニューヨークからロサンゼルスまで旅したことがある。あのバカでかい列車の中で寝た。あの日、アムトラックが中西部の名もない駅で不意に停車した。真夜中のことで、たぶん、乗客は寝ていたけれど、ぼくだけが起きていた。大陸を移動する列車が、不意に止まった、という、実に、物凄い出来事をぼく一人が経験していたことになるのだろう、愉快だった。小さな窓から外を見たら、オレンジ色の低いプラットホームがあって、そうだ、西部劇に出てきそうな低い駅。もちろん誰もいない駅で、なんのための停車だったのか、未だに分からない。まるで、でも、夢の中にいるような不思議な心地よさの中にあった。あの日、ぼくはどんな夢を見たのだろう。38歳だったと思う。記憶が間違っていなければ、あの日、ぼくは誕生日だった。あのオレンジ色にはもう一つの別のあの日があった。

たぶん、28歳か29歳くらいの時だったと思うけれど、ぼくは、コロンボから北へずいぶんとバンに揺られて走った先の、本当に地図にも載っていないような小さな村にいた。どこまでも続く果てしない農地が広がり、象の群れがいた。チャンダシリという名のお坊さんが着ていたのがオレンジ色の法衣だった。遠くの象、流れる雲、太陽がその向こう側から大地に、そうだ、梯子(はしご)で降りてくるような感じで、ゆっくりと降り注いでいた。かつて見たこともない景色で、それ以降も見たことがない。仏陀との出会い。あまりに雄大な時間が流れていて、そういえばみんなオレンジ色の法衣を着ていた。チャンダシリはどうしているのだろう？　あまりに多くの人に会い過ぎた。

地中海に浮かぶサントリーニ島[※3]の水平線に沈む夕陽もオレンジ色だった。あの日、40代半ばのぼくは、もし自分が死ぬ時が来たら、お墓には入りたくないな、と思った。湖面のような永遠の凪の海がひたすら目の前に広がっていて、そうだ、風さえも吹いていなかった。サントリーニの家々は断崖に建っていて、みんな傾斜する土地で暮らし、斜めになりながら上ったり下りたりをしていた。あの日、死んだ後の世界のことを生まれて初めて想像した。もし、今生が終わるのなら、自分はこういう境地の中に戻るだけだ、と思った。もちろん、ぼくは最初から輪廻(りんね)には関心がない。生まれ変わりたいとか、もう一度やり直したいとも思わない。消えたい。消えるために、今を記憶しているのだ。今見ているものが全てだ、と知っていた。

あの日、ぼくは貧困の街シウダファアレスにいた。メキシコの国境の街である。家と呼べるような建物は一つもない。ベニヤ板で作られた家が地平線の向こうまで続いていて、犬と赤ん坊だけが吠えたり泣いたりしていた。ぼくが歩くと、人々の視線が追いかけてきた。
でも、あの日の雲は優しく、まるで綿菓子のように、太陽を包み込んでおり、穏やかな風がその貧しい家々の間を流れていた。少年がぼくを手招きしたけれど、ぼくは微笑み、首を左右に振った。エルパソとの間に、鉄条網(てつじょうもう)が聳えていた。四半世紀も前のことだ。トランプ米大統領が壁を立てると宣言するよりも、ずっと前に壁のようなものはすでにあった。その金網まで行き、エルパソの人々を見つめた。[※4]
あの日、ぼくは人間とは何だろう、と思った。人間とはなんぞや、ということを考え始めたのは、この星のあちこちでぼくを見つめる人々の視線のせいだ。あなたに問う、あなたはなぜ生きている?

あの日、ぼくはモロッコ、マラケシュのスーク(市場)にいた。永遠に続くマーケットだ。モノが溢れていて、こんなものを誰が買うのか、と悩むような、ある意味、意味のない意味が積み上げられていて、路地で男たちが賭博(とばく)をやっていたし、信じられないものが展示されていたし、そこに生き死にの全てがあったし、ついでに、誰かにぼくは追いかけられ、狭いスークの中の迷宮で迷子になってしまうのだった。
あの日、やっぱり、同じような空が広がっていて、でも、建物はもう少し低くて、人々の皮膚は白かった。黒いビールを飲んで、確か誰かと待ち合わせていたのだけれど、思い出せない。その人は来なかった。

ダブリン[※5]の交差点で途方に暮れて、どうしたらいいか、と混乱していたのに、結果としてはその20年後、ぼくはまだ元気にこうやって封鎖されたパリにいる。同じような空を見上げながら、苦笑してしまった。30歳の時にアベニューBで目の前に止まったタクシーの中からアンディ・ウォーホル[※6]が降りてきて、やあ、と言った。驚くべきことに、本物のアンディだった。ぼくらは立ち話をした。それはただの偶然だったけれど、会う予感がしていた。

「こんなところにいちゃダメだ」

とアンディはぼくに言った。

「危険な場所だよ」

あの日、でも、こんなに生きるだなんて、思いもしなかった。あの日、渋谷の交差点の前で、そうだ、ぼくは20歳とかそのくらいの時のことだった。パルコの前でのこと、ホームレスの男に、

「おにいさん」

と呼び止められた。

「誰にも支配されない芸術家になりなさい」

と言われた。その時の空が、確か、こんな色だった。

※1……イギリス・イングランド南東部に位置する都市
※2……全米を結んでいる旅客鉄道
※3……ギリシャ共和国のエーゲ海に囲まれている島
※4……アメリカ合衆国・メキシコ州の最西端に位置する都市
※5……アイルランドの首都
※6……アメリカの芸術家で、「ポップアートの巨匠」と呼ばれた

**Posted on 2020/04/26**

某月某日、渡仏して18年になるが、まさかこんな日常がやって来るとは思ってもいなかった。全てのカフェやレストランが閉鎖され、外出も制限され、華やかなものが全て消え去ったこんなに質素なパリを目の当たりにするとは思ったことがなかった。けれど、これが今のパリの現実なのだ。ファッションや文化や美食の都と言われたパリがこれほど沈鬱(ちんうつ)な顔をして沈んでいるのも、※シャンパンフラッシュで世界中の観光客を興奮させたあのエッフェル塔がこれほどひっそりと佇んでいるのも、全てが初めて見る光景であった。

突然、あらゆる価値観が一変してしまった。戻りたいと思っても、もう戻ることの出来ない場所にぼくはいる。外出証明書にサインをし、マスクとサージカル手袋を着けて、外に出た。1日一度、法律で義務付けられている1km以内1時間以内の散歩がぼくの日課だ。通りはいつもと何も変わらない。吹き抜けるさわやかな風、差し込む春の光。けれどもすれ違う人々はマスクをし、遠ざかるように近づいてくる。馴染みのカフェはどこも閉まっており、光が消え、人懐っこいギャルソンの姿もない。目を閉じ、過去を懐かしんでいると、「ツジー」、という声が一帯に響き渡った。慌てて振り返ると、目の前の建物の窓辺からピエールが顔を出した。彼は窓辺に腰を下ろし、

「元気か？」

と訊いてきた。ワイングラスを摑んでいる。ぼくらはたわいもない世間話をした。

「最近、仕事が舞い込んだ」

「よかったじゃん。何の仕事？」

「曲作りだよ」

するとと反対側の建物から、

「ツジー、ピエール」

と声がした。お馴染み哲学者のアドリアンであった。大男で、太っていて、頭に毛が無くて、でも映画俳優みたいな渋い顔をした南アフリカの博士だ。行きつけのバーの常連である。いつもの顔ぶれが揃った。ピエールの家の下に、モロッコ人が経営するバーがあり、たまり場であった。するとアドリアンが、

「ちょっといいか」

と言って一度部屋の中に戻り、何か本を摑んで持って来て、ことあろうに、大きな声で詩を朗読し始めた。

「春が来た」

と彼は叫んだ。

「その精霊の肉体は、僕を眠くさせ、この空気の中を漂うのだ」

とアドリアンは詠んだ。その大きな声が通り中に反響する。

「そうだ」

とピエールが笑顔で合いの手を入れた。

「僕は夢に耽(ふけ)っていたというか、古代の夜が降り積もって生まれたこの問い掛け、その樹木のように夥しい方向に枝分かれするもの、そして僕が自分自身に偽りのバラ色の理想を捧げたというのだ」

アドリアンは学生時代、演劇部に在籍し一時は俳優を目指していた。

屋根裏部屋の窓が開き、若いカップルが顔を出した。ぼくは見上げて、手を振った。最近、引っ越してきたフレンチブルドッグの飼い主だ。

アドリアンの声が響き渡る。軽く100kgは超えた体軀から繰り出す低いテノール。ぼくは両手を広げてみた。まるでダンサーのように。ロックダウン下のパリだが、その時、そこはまるで古代ローマの円形劇場のようであった。

ピエールの側の1階の窓が開き、アンティーク屋のディディエが顔を出した。そうか、ここが

彼の家だったのだ、と初めて知った。ディディエが甲高い声で、

「やあ、日本の友よ」

と告げた。この人は前歯がない。アドリアンを見上げ、微笑んでいる。ぼくはアドリアンを振り返った。


いくつかの窓が開き、人々がアドリアンの朗読に耳を傾ける。

「必ず、春が来る。このパリに再び僕らの力で光を取り戻そう。時間がかかっても、みんなで通りに出る日を待ち続けよう。再び着飾って通りに出よう。再びおめかしをして恋に落ちよう。再びみんなで集まってグラスを傾け合おう。約束だ、それまで、家で時を待とう。街路樹の緑を、路上の可憐な春の花が咲き誇るのを」

とアドリアンが古代ローマの俳優のように声を張り上げた。ぼくは拍手をした。誰もが笑顔であった。アドリアンは朗読し終えると小さく会釈をして自分の家の中へと消えた。ピエールがぼくを見下ろし、言った。

「ツジー、退屈だな。でも、この退屈にはきっと意味がある。今、神は僕らに考え直す時間を与えているんだ。いろいろなことを僕らは考えないとならない」

あの呑気なピエールが珍しくまともなことを言ったので、ぼくとディディエが吹き出してしまった。それが春というものなのだ。

※……エッフェル塔のライトアップで、1時間に1回キラキラと光る時間帯のこと

## Posted on 2020/04/30

某月某日、世界から隔離された生活の中で、ぼくは毎日、世界中の情報を集めた。毎日、感染者数、死者数のデータとにらめっこし、新型コロナがどのような動きをしているのか、真実を自分なりに探ろうとした。しかし、情報を集めれば集めるほど、このウイルスの計り知れない恐ろしさを知るようになる。知らず知らず、見えない拳で、心を殴られていた。これはやばい、と思うようになり、ぼくは日本に向けて「家にいて」「これは恐ろしいウイルスだ」「このままじゃ、大変なことになる」と言い続けた。非難を受けることもあった。でも、日本の仲間たちの中から倒産する経営者が出てきた。もしくは店を閉じる者、芝居や音楽活動をやめて違う仕事を始める者も出てきた。


恐れていた世界が近づいて、ぼくはちょっと怖くなった。頼れる人がいないので息子に、

「パパはどうもおかしい。パパはもうダメだ。パパは苦しい」

と弱音を吐いてしまった。すると息子はじっとぼくの顔を見つめて、

「いいんだよ、人間なんだから」

と小さく告げた。なんとも素晴らしい答えではないか。その通りだ。

不思議なものだけれど、愚痴は嫌がられる。しかし、弱音というのは逆に認めて貰えるものだったりする。誰かに対して憎悪をぶつける愚痴じゃなく、弱音は自分の弱さを正直に吐き出すからであろう。息子の一言は本当に安心出来た。弱音は数少ない身内にだけ吐き出すものかもしれない。誰にでも彼にでも弱音を吐くと本当に弱い人間になってしまう。本当にきつい時に信頼出来る人に、ぼそっと、自分の弱さを見せるのはいいガス抜きになる。このような異常事態の日々、弱さを隠さないことも必要かもしれない。その弱さは自分の底力を引きだす強さへと繋がるのである。

自分の子供にまさかここで救われるとは思っていなかったから、同時に、この気持ちが希望なのだ、と気がついた。自分を落ち着かせるために、パソコンや携帯から離れ、窓辺でギターを弾いた。普段、歌うこともない子供の頃に流行っていたポップスを選んで歌った。エルビス・プレスリーや、ビートルズや、レイ・チャールズや、ダニー・ハサウェイなんかを……。

新型コロナウイルスは感染力の強さや致死率の高さだけじゃなく、人と人を引き離す、世界を分断させる、差別や、この世界を精神的暴威で包み込む恐ろしい毒性を持っている。むしろそっちの方が怖い。もちろん、新型コロナに罹りたくないし、罹るのが怖いけれど、その見えない怖さのせいで、気付かないうちに膨大な数の人間が心的ストレスを抱えてしまった。つまり、今現在、負のエネルギーがこの地球を覆っている状態、包み込んでいる状態にあるのだ。インドやパキスタンや東欧やアラブ圏、欧州全域、北欧、アメリカ大陸、オーストラリアや、点在する島々まで、新型コロナが物凄い勢いで拡大をし、僅か、3～4ヶ月で、この世界の価値観を変えてしまった。人間本来の輝きが、負のエネルギーに包み込まれてしまったのだ。多くの心がSOSを発している異常事態である。この毒性に負けないために、人間は心を守らないとならない、と思った。ぼくに出来ることは歌うことだった。かつて、ぼくらが感動したあの懐かしいメロディや歌詞が、人間の心を保護する力があることに今更ながら気がついたのである。だから、今日、ぼくは1日中、歌い続けた。それは心に酸素を送る行為でもあった。自分を安心させる行動でもあった。歌うことで発散も出来た、歌うことで自分を取り戻すことが出来た。

夕方、ぼくは携帯で自分の歌っている姿を撮影した。息子に励まされたように、これを誰かに届けたい、と思いながら歌った。息子がやって来て

「いい曲だね」

と言った。

「なんだか、優しい気持ちになるね、やっぱり音楽は凄いな、今度、歌ってみるね、プレスリー」

と彼は言い残して、自分の部屋へと戻って行った。

# 第4章

—

世界が落ち着きを
取り戻すまでに
ぼくたちが出来ること

## Posted on 2020/05/05

某月某日、ぼくは不安な時に、というのか、何か落ち着かない時によくやることがある。右手を握って、胸の中心に置き、スリスリ優しく擦るのである。そこには自律神経が集中しているので、ほぐれて楽になる。小さい頃に母に教えられた。「ヒトナリ、辛か時にやってみんね、楽になるったい」と。

指先で、トントン、とすることもあるけれど、トントン、は赤ちゃんの時にして貰っていたようだ。お子さんにしてあげる時には、トントン、がいいかもしれない。自分にする時には、スリスリ、が効く。胸の中心に自律神経の森が広がっていることをイメージして、その森の木を揺さぶるような感じで、ゆっくりと深呼吸をしながらやってみたらいい。お薬のように1日3回のような決まり事はない。何度やっても構わない。もっとすごい方法がある。それは手を開いて、パーの状態で、胸を包み込むように、ヨシヨシと宥(なだ)めるようにスリスリすると、さらに広範囲で楽になる。ぜひ、試して貰いたい。

「頑張れ」という言葉の主語は「君」や「お前」なのでぼくは使わない。頑張れ、と言われるといつも嫌な気持ちになっていた。ぼくはひねくれ者だから、そういう時「頑張るもんか」と心の中で言い返していた。ぼくはだから基本「頑張れ」は使わない。「頑張ろ」というのはたまに使う。「がんばろー♪」ではなく「がんばろ」の「ろ」はちょっと小さく低い「ガンバロ」に近い。この時の主語は「お互い」とか「自分」ということになる。「頑張れ」とは全然違うのだ。

コロナ不安が広がった今、ネットなどで「コロナに負けるな」というのもよく見かけるけれど、新型コロナには勝てないので、負けるな、と言われるとなんか突き落とされるような恐怖感を抱いてしまう。言っている人たちはそんなつもりじゃなく、普通に試合に負けないように頑張れと言ってくださっているだけであろう。でも、「負けるな」は逆にこのような時代の合言葉にはふさわしくない。これも主語が「君」とか「お前」に感じてしまうからで、「ぼくは負けない」と言うのがいいかもしれない。

でも、所詮言葉尻の問題なんだけれど、言霊というのがあるので、言葉くらい使い方を間違えると人に心的影響を与える怖いものはないので、こういう時代は特に慎重になるのが良い。逃げ出したくなる気持ちが普通なので、「無理をしないでね」というような言葉がいいだろう。

「一緒に乗り越えていこう、今は無理をしないで」

## Posted on 2020/05/06

某月某日、2ヶ月に及ぶロックダウンがもうすぐ終わるという空気がここ数日、パリ中に漲っている。近所の郵便局が再開したというので郵便を出すために外出をした。すると行きつけのカフェやバーのあの懐かしい店主たちが店の扉を開けて、掃除や準備を始めていた。みんなぼくを見つけると、

「ツジー、生きていたのかー。よかったたぁ」

と手を振ってくれた。ジャン・フランソワに、ディディエに、サラに、ユセフ……。まさにぼくの街のオールスター勢揃いという感じで、超嬉しかった。ちらっと店の中を覗くと、床の張替えや、テーブルの配置換えをスタッフ総出でやっていた。懐かしい店員さんが笑顔をぼくに向けてくれた。その喜びの反面、あの楽しかった日々が本当にこのまま戻ってくるのだろうか、という不安もあった。

マクロン仏大統領は昨日、「子供たちをこれ以上家の中に閉じ込めてはならない。彼らがトラウマになる前に、早く学校に戻さないとならない、我々は子供たちを学校に戻す」と小学校の視察の場から、テレビ越しに国民に向かって語った。ぼくも自分の息子の様子を日々観察していたので、そろそろ限界かな、と思っていた。命を守るためにフランスは全土でのロックダウンを

やった。雇用者への補償なども速やかに提示した。そして二度の延期の後、今度は経済と日常を取り戻すためにロックダウン解除を断行する。

命から、経済へとシフトするのだ。それはロックダウンで一定の成果が出ているからこそ出来ることであろう。

5月11日、段階的な解除が始まり、フランスは日常回復作戦のリハビリが始まるというシナリオである。それを受けて、街の中の空気がじわっと変化している。人々が社会復帰する気力を取り戻しつつあるのだ。ロックダウン前にはバーマンをやめたがっていたロマンが、さわやかな顔でぼくに手を振った。

「あれ、やめるんじゃなかったの?」

とぼくが訊くと笑顔で、

「春が来るんだ。僕は気力に溢れている。美味しいカクテルを作るから、また来て!」

と叫んだ。

みんな笑顔だった。けれども、そう簡単に元通りの社会には戻れないかもしれない。仮に一気に元通りに戻ったら、抑え込んだ新型コロナが再び拡大する可能性が十分にある。そこでフランス政府は7月24日まで緊急事態状態は維持する、と新たな鞭(むち)を振るった。解除はするけれど、緊急事態に変わらないという飴と鞭の作戦である。徐々に解除していこう、と国民に訴えた。

具体的に言うと、メトロには乗ってもいいけれど、マスクの着用を義務付けた。これに違反すると135ユーロ（約1万6000円）の罰金が取られる。外出制限は解除し、外出証明書は携帯しないでもよくなったけれど、100km以上の移動は認めない、など、様々な制限や規制が新たに設けられた中での実験的解除がスタートすることになった。それでも人々は日常が戻ってくることを喜んでいる。

しかし、店は開けられてもきっと客席の間引きなど厳しい行政指導が始まるはずで、補償がなくなって、どこまでの利益をあげられるのか、冷え切った客の心理がどこまで開放的になるのか、難しい綱渡りが続くことになるだろう。ここで、音を上げる経営者も出てくるかもしれない。

政府はこれ以上の補償は出来ないだろうし、経済と感染防止のはざまの対応が迫られる。明るい兆しに走り出したフランスだけれど、見えない難問は山積している。

Posted on 2020/05/08

某月某日、今日、息子がまた昼食の時間に、興味深いことを言いだした。

「みんな、どこの国のリーダーたちも結局、こういうパンデミックを経験したことがないわけでしょ？　だからあんなに慌てて、準備不足だし、こうなっちゃうんだ」

と言った。ちなみに、今日は煮込みハンバーグ、茹で白アスパラ、豆ご飯、茹でブロッコリーであった。

「まずみんな目先のお金に走るでしょ。お金、お金、お金。たとえば武漢でコロナが大爆発しているのに、どこの国も中国の観光客を招いて、結局、感染拡大しちゃった。マクロン政権だって、結局、最初の頃に、謝罪したよね、こんなになるとは思わなかったって。でも、ドイツは違った。ドイツのメルケル政権はフランスの5倍もの人工呼吸器を備えたベッドを予め用意していたし、怠りがなかった。でしょ？」

「まあ、そうやね」

うちの16歳は、こういう話をし始めると、止まらなくなるタイプだ。普段、話しかけても返事さえしてくれないのに、本当は言いたいことをたくさん持っている。真面目過ぎるんだけれど、ま、いいだろう。

「今回の、コロナ対策を比較すると、お金に走っている国は結局、国民が犠牲になっていく。アメリカだね、まず第一に。はっきり言うけれど、トランプさんはダメだよ」

ありゃりゃ、手厳しい。でも、同意見。

「こんなに感染拡大しているのに、経済の門を開いて、ちょっと普通じゃない。科学を知らな過ぎる。犠牲になる国民が可哀そうだ。6月半ばには恐ろしいことが起こるよ」

「パパ、覚えている？　世界中の子供たちが去年、地球温暖化の大規模なデモをやったでしょ。グレタ・トゥーンベリがみんなを引っ張ってやったあのデモ。トランプさんがバカにしたけれど、大人がお金に走るから子供が警告をしてあげたのに、大の大人が寄ってたかってバカにしてたよね？　昨日のCNNのニュース見た？　このまま行くと50年後には暑過ぎて30億人が今住んでいる場所で暮らせなくなるんだよ。30年後の夏の温度は47度を超えるんだよ。このまま何もしないと、2050年には日本の名古屋と大阪が水没するんだ。

でも、世界のリーダーは今、お金儲けにしか興味がない、耳を傾けない。これとコロナの問題と何が違うの？　コロナの問題だって、予測は出来た。ビル・ゲイツは何年も前にすでに予測している。僕が言いたいのはね、世界のリーダーたちは3匹の子豚って絵本を読んだ方がいい。

3匹の子豚が、それぞれ、藁と木と煉瓦の家を建てるんだ。オオカミがやって来て、楽して建てた藁の家を吹き飛ばして、木の家も吹き飛ばすんだけれど、危機に備えて頑張って作った煉瓦の家は吹き飛ばせなかったってお話、いい話だよね？」

「ああ、パパも大好きだった。フランス版は〝トワ・プティ・コション〟だね」

「ドイツは煉瓦の家なんだよ。台湾も煉瓦の家だ。コロナのパンデミックの気配が見える前から備えている国は生き残れるんだ。台湾みたいに、すぐに行動を起こしていれば回避出来たんだ。

フランスは木の家だった。だからちょっと苦戦している。あんなに犠牲者が出た。こんなことになるとは思わなかった、と政治家は言っちゃダメだよ。リーダーなんだから、備えなきゃ、国民のために。

そして、僕が言いたいのはそういうリーダーを選んだのは国民だということ、だから、僕らは自分たちの未来を守るために地球環境の問題を訴えているんだ。コロナも環境問題もそこの部分では通じているからね。

30年後、パパはもうこの世にいないかもしれないけれど、僕は子育てをしているだろう。僕はその子たちのためにも今から備えたいんだよ。コロナも怖いけれど、もっと先にも怖いものがある」

食後、ぼくたちは一緒に食器を洗うことにした。食べたらすぐに洗うと汚れがこびりつかないから地球に優しいんだ、と教えたら、うちの16歳は頑張って洗っていた。

## Posted on 2020/05/08

某月某日、八百屋に買い物に行ったら、店主のマーシャルが

「ムッシュ、角のラボラトリー（血液検査などをするクリニックだが、日本にはないシステム）で、コロナ抗体検査が始まったよ」

と教えてくれた。

「予約制？」

「いや、行けばすぐやってくれますよ。僕は土曜日に行くつもり」

と教えてくれた。

「血を抜いて調べるだけだから、超簡単らしい。無症状の人も多いというから、自分が抗体を持っているのかどうか、過去に罹っていたのかどうか、チェックしてみることにした。娘もまだちっちゃいしね」

と言った。

家に帰って息子に

「一緒に行くか」

と誘ったら、

「抗体を持っていようが、持っていまいがもう関係ない。2ヶ月家から出ていないのだから、隔

離は終わっているし、今の僕が感染していないのは明らかだからね、行かない」

と言った。この子の持論の展開は潔い。

「でも、ロックダウン前に罹っていたかどうか、分かるし、抗体を持っていたらあまりびくびくしないで済むんだよ」

「パパがやったら、僕も一緒だから、二人で行く必要ないでしょ」

と拒否されてしまった。抗体を持っても3ヶ月後に消えた人もいるので確かに意味があるのかどうか分からないけれど、とりあえず、ぼくだけ行ってみようかな、と思った。でも、予約もなく、いきなり行って抗体検査が出来るところまでは、フランス、来たんだね。


後、3日でロックダウンがとりあえず終わる。週明けの月曜日から、ぼくらは自由に外出出来るようになる。正直言って、ぼくはロックダウンの解除はまだ全然早過ぎると思っている。

確かに、集中治療室に入っている患者さんの数は最も高かった時の半分に減った。死者もだいたい、そのような推移で右肩下がりに転じている。

でも、まだ日に、100人台の死者が出ているのだ。台湾のように0という状態じゃないのに、学校や会社を再開させて、大丈夫なわけがない。ぼくの予想だけれど、ラテンなフランス人は街に繰り出すと思う。特に抑え込んでいた若い連中がドバっと溢れ出るだろう。そこで再び感染拡大するのは目に見えている。エドワー・フィリップ仏首相は再び感染者が増加したら、すぐにロックダウンを再開する、と言った。正直、二度目のロックダウンは簡単じゃないと思う。

結局、罹りたくない人、絶対に罹っちゃならない人は、政府の方針よりも、自分の方針を決めて取り組むべきだ。

自衛こそ、最大の防御である。

年内は緩やかながら個人的ロックダウンを続ける予定で、学校に戻る息子にはそれなりの装備を徹底させるし、バレーボールのクラブ活動は禁止とする。ぼくがもしも罹ったら、息子も生活出来なくなるからだ。自衛しかない。

「ロックダウン解除、おめでとう」と日本の友だちからもメールが届く、いやいや、むしろ、怖いのは解除後の世界なのだよ。

## Posted on 2020/05/09

　某月某日、昼食後、息子に

「一緒に走ろう」

　と提案したが断わられたので、買い物がてら近所をグルっと一周散歩することにした。駅前の行きつけのカフェに差し掛かると、月曜からの開店の準備に追われているカフェのテラス席に哲学者のアドリアンが座って葉巻を燻らせていた。

「よお、エクリヴァン（作家）」

　とアドリアンは言った。ぼくは彼の前で立ち止まり、

「よお、フィロゾフ（哲学者）」

　と言った。

「何してんだ？　開店準備の邪魔だろ？」

「ちょっと休ませて貰っている」

　アドリアンは大勢の人が歩いているのを見回し、

「この感じだと、月末には再びロックダウンになるな」

　と言った。月曜日にロックダウン解除だというのに、パリはすでにロックダウンが解除されたかのような人出である。家族連れ、老夫婦、カップル、犬の散歩、若者たちの小さな集まり、な

どなど……。まるでお祭りのような賑わいだ。

「マクロン大統領がこの光景を見たら、どう思うだろうね」

とぼくらは冗談を言い合った。

「ところでフィロゾフ、この世界がどうなるか、君の意見を聞きたい」

とぼくは訊いてみた。

「ああ」

とアドリアンは肯（うけが）った。

「まず、いわゆる民主主義が一つの結末を迎えるかもしれないな」

アドリアンはいきなりこのようなことを言いだした。

「それはどういうことだ?」

「結局、俺は2ヶ月間、このロックダウンを目撃し続けて一つの結論に至ったのだ。それはロックダウンのような強制力で国全体を隔離するってことは、民主主義の国家には向いていなかったっていう結論だ。中国のような社会主義の国じゃないと、そもそも国民が従わない。武漢で行われたロックダウンとフランスのロックダウンは根本が違っている。こんな風に市民が自由に出歩いていたら、中国だったら軍隊が出てきて即逮捕だろう。でも、フランスでは出来ない。日本もだろ?」

「日本は法律的にフランスのようなロックダウンさえ出来ないんだよ。もっと緩やかな強制力の伴わない要請レベルのソフトロックダウンだから、旅行に行く人も出ている」

アドリアンが小さく頷きながら葉巻をふかした。

「新型コロナのようなウイルスを封じ込める能力は中国の方がアメリカよりも圧倒的に強いんだよ。トランプ大統領は選挙で勝つことしか考えていないから、彼の得意分野である経済がダメになることは彼にとって敗北を意味している。なので、こんな状態だけれど、命よりも経済を優先させる。

で、これはどうなるかと言うと最終的に今以上の物凄い感染者を出してしまい、コロナイメージの負の力でアメリカの経済活動の根幹をマヒさせてしまうことになる。デパートの相次ぐ倒産、航空会社の倒産、自動車業界の衰退、アメリカを支えてきた大きな産業が傾斜する。中国だけに製造業を任せてきた第二次世界大戦以降のつけがここに来て西洋諸国を揺さぶっている。マクロンやジョンソンやメルケルは気がついているけれど、後の祭り感はある。

製造業を自国に取り戻すにはここから何年もかかってしまう。マスクがいい例だ。新型コロナのワクチンを真っ先に開発するのはアメリカじゃなく中国だろう。中国は社会主義国だからそれが可能なんだ。アメリカにも国防生産法ってのがあって自動車会社に人工呼吸器なんかを作らせているけれど、そういうレベルじゃ追いつかない。国の集中力が違い過ぎる。それは民主主義がはびこり過ぎことによる副作用なんだよ。

中国を社会主義と言ったけれど、正確には、資本主義体制を大幅に取り入れた中国特殊社会主義国と言えるだろう。ここがトリックなんだ。アメリカの場合、国民一人一人の意見が壁になる。もちろん、俺は民主主義の恩恵でこんな風に自由に生きてこられたわけだけれど、新型コロナのようなパンデミック脅威に、民主主義はあまりに脆かったということだ。世界のパワーバランスで考えると、今はまだアメリカが若干勝ってるように見えるかもしれないが、今後、間違いなくアメリカは中国に及ばなくなる。新型コロナが収束し始めた途端、米中関係は逆転している可能性がある。ってか、もともと、もうそうなることは免れない状態だった。いいか、それが早まりつつあるだけだ」

アドリアンは小さく頷いて見せた。

「で、EUを見てみよう。

イタリアで感染爆発が起こった時、EU諸国はイタリアを助ける余力がなかった。俺たちはヨーロピアンとして結束しているかに見えたが、それは違った。今イタリアで渦巻いているのは、憎しみだ。イタリアの国民はEUの国旗を燃やしている。EUに裏切られたと多くのイタリア人は思っている。

そこに医師団を派遣し、人工呼吸器を送ったのが中国で、イタリアはもともと中国に接近していたけれど、アフターコロナの世界ではさらに両国の結び付きは強固になる。もちろん、反中国勢力もいるけれど、さあ、どうなるだろう。それはＥＵの弱体化、もっと言えばＥＵの一つの終焉の始まり、ということに繋がる。イタリアはＧ７のメンバーだけれど、中国が中心になって作る新しいＧ７に参加することを選択する可能性がある。

そこにはロシアなどが参加し、アフターコロナの世界の新しい秩序を作ることになるかもしれない。イギリスが離脱したＥＵを率いるドイツとフランスはこのバラバラになりつつあるＥＵを束ねることが出来るだろうか？　俺が思うのはイギリス、日本、アメリカが中心になってもう一極を作るかもしれないけれど、正直、弱いな。

アフリカで感染爆発が起こる時、アフリカ諸国はどの国に助けを求めると思う？　すでに中国はアフリカのインフラを整備するために大勢の中国人と莫大な資本をアフリカに注入し続けてきている。半端ない金と労働力がアフリカに投下されている。アフリカを救うのは中国しかないんだよ。だから、ＷＨＯの事務局長がエチオピアの元大臣なのかもしれない。気がついたら、中国は第二次世界大戦以降、しっかりと世界戦略を進めていたということだ。コロナ収束後の世界で、中国のような国がこの星で覇権を握っていくことになるかもしれないということだ」

アドリアンは空を見上げながら笑った。

## Posted on 2020/05/11

某月某日、ついにロックダウン解除となった朝、街がどんな感じだろうと思って、窓から外を覗いてみたら、その瞬間、ぼくの視線に、お馴染み哲学者のアドリアンが飛び込んできた。思わずぼくの相好が崩れた。彼はどういう家に住んでいるのだろう？　いつもふらふら歩いている。やっぱり、朝一で出歩いているのはこの男だけであった。

思えば、アドリアンと最初に知り合ったのはロマンのバーだった。あの頭であの体形なので、失礼だけれど、最初はマフィア関係の人か、と警戒してしまい、なるべく近寄らないようにしていた。不敵な笑い方をするし、葉巻をいつもふかしているし、一度、暴走族がかけているような変な薄っぺらい眼鏡をかけていたし、その時はまじ怖かった。で、ある日、バーで目が合ったので、びびりながら知り合いになった。

「大学で哲学を教えている」

と彼はびっくりするようなことを言った。

「尊敬する哲学者は？」

と畳みかけると、

「デカルトはまあ、好きだけれど、後はダメだ。自分しかいない」

と言った。すでにその時、アドリアンはアドリアンであった。

それから、ある日、ぼくは自分のフランス語に訳された本を何冊か彼にギフトした。しょっちゅう見かけるので、読ませたいと思って鞄に入れて持ち歩いていたのだ。翌日だったか、その翌日だったか、公園のベンチでぼくの本を読んでいるアドリアンを見かけた。次にバーで会った時、

「ふーん」

と言われた。

「君は作家だったのか」

と。もちろん、本の感想などは言わない。その頃からぼくはアドリアンにいろいろ質問をするようになっていた。哲学とは何か、とか、ロックダウンは必要か、とか、人間はなぜ生きているのか、など。彼からはフランス人哲学者らしいひねくれた返事が戻ってきた。哲学っていうのは何にも考えていない連中の護身術だ、と言うし、マスクをつけたことで安心をしてしまう方が怖い、と言ってマスクはつけないし、葉巻は長生きしないための緩やかな防止グッズだと笑うし、死を恐れるのは死ぬことより生きることの方がもっと恐ろしいということを忘れている愚かな証拠だと嘯（うそぶ）くし、新型コロナに関して言えば怠惰から目覚めさせてくれる神からのギフトと言い切った。

ぼくは暇だから、この男を摑まえて質問攻めにするのが楽しくてしょうがない。あの風貌で大学教授で、学生たちにサルトルとかデカルトについて語っているのかと思うと笑いがこみ上げてくる。でも、もしかしたら凄い先生なのかもしれない。

ぼくは自分が暮らす街が好きだ。アパルトマンを探す第一の条件は物件の素晴らしさじゃなく、そのカルチエ（地区）が面白いかどうかだったりする。ぼくの街はユニークな奴らが大勢いる。アドリアンを始め、いろいろな人間がそれぞれの思考を持って生きているこの街角に自分も棲息しているのだと思うと、ウキウキする。それがすでに一つの短編集みたいじゃないか。

新型コロナの出現には腹が立つけれど、こういう時代だからこそ、哲学が大事なのかもしれない。残念なことにぼくの仏語力では彼と深い話をすることが出来ない。しかし、人間というのは醸し出すものだから、匂わせるものだから、誤解を与え合って空想し合うものだから、すれ違うだけで心が躍る存在に万歳と言っておきたい。人間は面白い。ぼくは人間が恐ろしいのに、好きだ。

Posted on 2020/05/12

某月某日、生きているといろいろな矢が飛んでくる。普通に生きていても大変なんだけれど、このような時代になると、いらぬところからストレスがやって来る。たまらないね。

ストレスのない人間なんかぼくの周りにはいない。20年に一人くらいの割合で「生まれて今日までなんにもストレスを感じたことがないです」という人に会うけれど、これは例外。こういう人はマイペース過ぎるわけで、もしかすると、周囲に凄くストレスを与えている可能性もある。しかし、ほとんどの人はストレスを感じるのが普通で、中でもストレスを抱え込む人は辛い。じゃあ、なんでストレスが生まれるのか。なぜ、ストレスを感じるのか。それが分かれば、ストレスを減らすことが出来る。

ストレスのいちばんの理由は人間だ。

他人と関わらなければストレスを感じることは減るだろう。でも、この星の中で誰とも関わらないで生きていくのは至難(しなん)の業、少なくとも職場にしても学校にしても生活をする以上は誰かと関わりを持つのが人間。生きていればそれなりに誰かと接するわけで、しかも、少しでもいい人生を願わない者はいないので、そうすると思いを叶えるためにどうしても無理をしてしまう。こうしたい、ああしたい。嫌われると仲間外れになるからなんとか好かれたい。神経をすり減らすことになるし、周囲と揉めたくないので自分の意見を前面に押し出せなくなる。

当然、ストレスが生まれる。だから誰かに何かを期待するようにもなる。期待通りになることはほぼ無いのに、期待するからいっそうストレスが増す。じゃあ、どうやったらストレスは減るのだろう。

ストレスは人生の付随物だ、と最初に認めることが必要かもしれない。

次に期待しない生き方へとシフトしていく。ぼくは最近、一切期待することをやめた。歳も歳だし、諦めることが出来るようになった（本当に、諦められると楽になる）。自分で全部やる、と決めるとそもそも自由になる。みんなに好かれようと思わなければ、無理をしなくて済むので、ストレスは減る。頑張らないと出来ないことは引き受けない。人格を否定されたり、誰かの踏み台になるような人生はストレスになるのではなから近づかない。

これだけのことで結構、気が楽になる。誹謗中傷（ひぼうちゅうしょう）を受けたり、悪口が聞こえてきても、気にしない。その人たちはたぶん自分にとって必要のない人間なんだから、関わる必要もない。たった一度の人生なのに、他人に振り回される時間もない。

確かに、強くないと出来ないことかもしれないけれど、ものは考えようで、この際だから強くなろう、と決めてしまう。孤高に生きるということかもしれない。人間界のどろどろの中にいないと不安だから、みんな頑張っちゃう。思い切って強い人間になればいい。絶対出来る。周りに振り回されて自分を偽り、期待して何もやらなくなれば、結局失うのは自分の魂だ。

期待しそうになったら「いかんいかん。期待するな」と言い聞かせればいい。かくいうぼくも昔は期待ばっかりしていた。正直、今もまだまだ強い人間にはなりきれていない。よく落ち込むし、結構、人間不信に陥る。

「また、騙(だま)された」

と言っては息子に

「パパは人間を見る目がない」

とバカにされている。なるほど、それは自分が招いたことでもある。期待はことごとく実現しなかったじゃないか。そりゃあ、そうだろうな、と今更だけど思う。みんな自分のことで精一杯、出来れば自分がかぶりたくはないのだから、当然で、期待した方が悪い。ならば、コツコツと孤高に生きていけばいいんだよ。人にどう思われようが関係ない。そう思えば、ちょっとは楽になる。だいたい、生きて死ぬのは、俺の勝手だ。短い人生なのに、誰かにとやかく言われるようなものじゃないね。

## Posted on 2020/05/13

某月某日、ここのところ書き物の仕事が立て込んでいて、毎晩4時に寝ているので昼食後、睡魔に襲われた。作家の仕事は行間を跨ぐ仕事なので、本当に体力がいる。今いちばん注力しているのは小説だ。もうすぐ完成するのでこっそり根を詰めている。本が売れない時代だけれど、物書きなので読者がいる限りベストを尽くしたい。他にも、家事や子育てにコロナ君まで重なったので、ちょっと身体がきつくなり、息子に食事を与えたら疲れが押し寄せ、ちょっと昼寝するね、と言い残してベッドに潜り込んだ。ショートスリーパーだけれど、さすがに爆睡だった。そしたら、少しして、不意に耳元の携帯が鳴った。

「パパ」

「誰?」

「僕」

これは夢だろう、と思った。息子から電話って、だいだい、おかしい。家の中なのに。

「パパ、大変なことになった」

「何が大変?」

「だって、天井が剥がれ落ちたんだ」

窓の向こうに光が溢れていた。いい天気である。天井が剝がれ落ちるだと、面白い夢じゃないか、と思いながらぼくは半身を起こし、やれやれ、と左手で顔を拭(ぬぐ)った。右手が携帯を握りしめている。あれ、夢じゃないの？

「もしもし？」

「パパ、天井が剝がれ落ちたから、危ないので、部屋から出られないよ」

ぼくは起き上がり、寝室のドアを睨んだ。仕方なく、スリッパに足を突っ込み、廊下に出た。息子が子供部屋の中から玄関の上を指さしている。

「NOッーーーーーーーーーーーーーーーーー」

ぼくは驚き、その下まで走った。崩落しているわけではないが、天井面が剝がれて落下していた。水漏れで動かなくなった給湯器が直ったばかりなのに、なんてこった。水漏れのせいで天井に水が染みて、脆くなってしまっていたのである。

ぼくはまず写真を撮り、応対の悪い管理会社のニコラさんに「こんなことになりましたよ」とメールを送り付けることになる。3ヶ所の水漏れのせいで停電、天井が剝がれ落ち、給湯器の故障、キッチンの換気扇まで不具合が続出している。まもなくニコラから返事が戻ってきた。

「あなたは呪われていますね」

な、なんだぁ、この返事ィ。

なんて奴だ、と思ったが、確かに呪われている。パリで子供を育てなきゃならない運命で、シングルファーザーで、コロナで、ロックダウンで、天井が剝がれ落ちているのだから、ここまで酷い人生はない。もしかするとこの後、崩落が待っているかもしれない。

「パパ、でも、パパはまだ大丈夫だよ。よく考えてみて、もっと大変な思いをしている方々が世の中には大勢いる。こんなの大したことじゃない。これをエッセイとかに書いたらいいよ、笑えるように」

「は？」

「僕は思うんだけれど、こういうことをシリアスに伝えるのじゃなくてね、ユーモラスに書いてみたらいいんだ。それがポップということだよ。とっても大事なことじゃない？　みんなが、むしゃくしゃするこの時代に、天井が剝がれ落ちたってそのまま書いて何になるの？　共感なんか得られないでしょ。それはポップじゃない。ポップとは共感なんだ。みんな一緒じゃんっていう共有なんだよ。なんで僕が音楽をやっているかって言うとね、みんなに心地よさを届けたいんだ。一緒に幸せになるために、でしょ？　それが音楽の役割だから。物書きも一緒だよ。こういう時代だからこそ、ギスギスしたら負けちゃう。パパはあの天井の穴を笑いに変えなきゃ」

「はぁ？」

「いいじゃん、天井が落ちたことくらいで済んだ。僕はどこでも生きていけるよ。掃除機を持って来るから、一緒に片付けよう。管理会社や大家を怒鳴っても、今は、しょうがない。ここを選んだのはパパだし、運命だし、一緒に片付けながら笑いに変えようよ。呪われた辻家って、タイトル、面白いじゃん。みんなマスクもないし、お金だってない。コロナが怖いし、家から出られないし、出たくないし。でも、この程度のことに人生を奪われたら損じゃない。だから笑いに変えるんだ。見てよ、あの天井、笑えるでしょ？」

ぼくは泣きそうだった。こいつがいてくれて、よかった。そう思ったら、そこに救いがあった。確かにそうだ。みんな頑張っている。笑いに変えなきゃ、でも、どうやって？　ぼくらは掃除機で剝がれ落ちた破片を吸い込んだ。それからニコラに返事を書いた。

「これはコメディだと思うよ。一緒に笑おうじゃないか。もしも、ぼくが寝ている間に天井が崩落してその下敷きになったら、あなたが後悔しないことだけを祈っているよ」

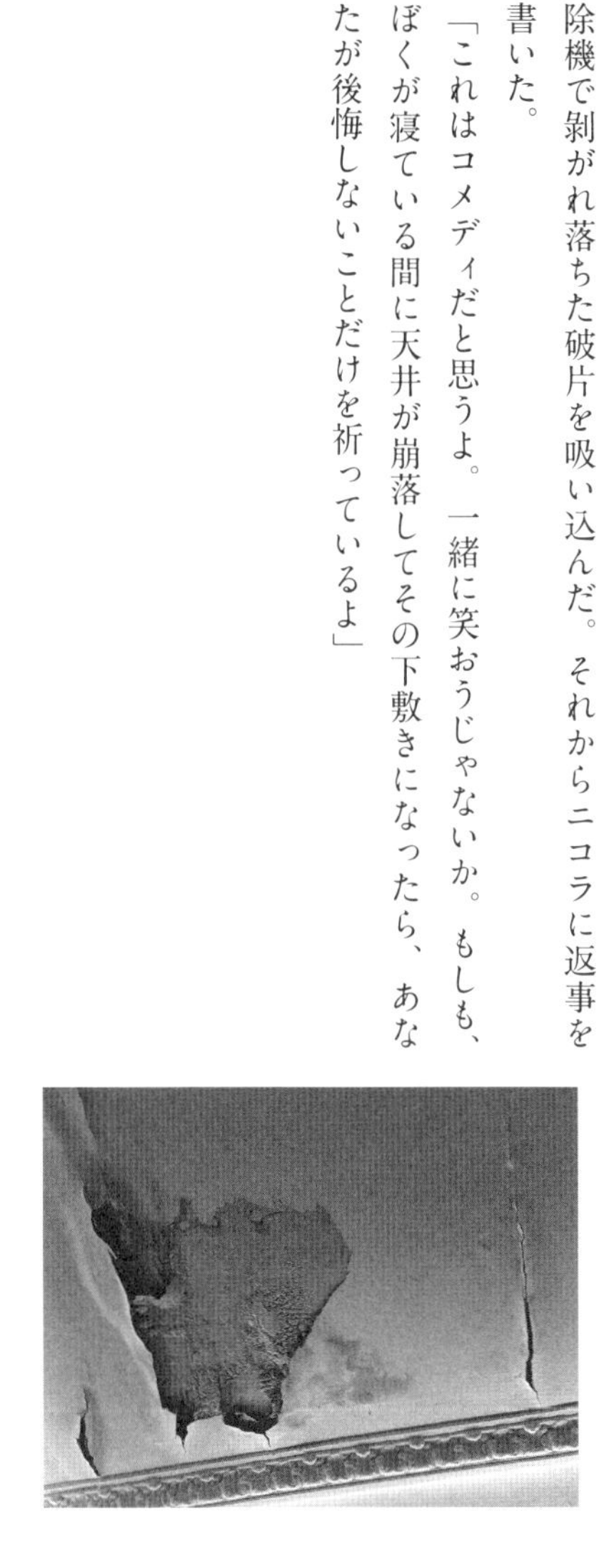

## Posted on 2020/05/14

　某月某日、食料を買いに行ったら、物凄い光景に出くわした。ぼくはレジには並ばないで自動精算機で支払いをしていたのだけれど、お肉の値段をマシンが読み取れず、若い係員がやって来て、ぼくに代わって数字を打ち込んでくれていた。すると、背後で、

「近づかないでよ、あんた！」

　と声が飛んだ。

　驚いて振り返ると後ろの精算機の前で年配のマダムが持っていたバゲットを振り上げ、振り回し、別のやはり年配のマダムを威嚇（いかく）していたのである。冗談じゃなく、それはまるでチャンバラのようであった。昔、小学生の頃に友だちとビニールバットでよくやったっけ、チャンバラごっこ。そんな感じだった。

「それ以上、こっちに来ないで、近いでしょ？　もっと離れなさいよ」

　とマダムは神経質に叫んだ。最初二人は同世代のようだし、知り合いのように見えていたのだけれど、そうじゃなかった。後から来たマダムは隣の精算機で買い物をしようとしたに過ぎなかった。自動精算機は5台ずつ向き合う感じで並んでいるが、割とどれも近い配置なのである。パチンコ台みたいな感じだ。バゲットを振り上げられたマダムは一瞬、そりゃあ、驚くでしょうね、顔を引き攣らせて後ずさりをした。マスクをしていても、引き攣っているのがよく分かっ

た。

「ソーシャル・ディスタンス！」

とバゲットマダムが叫んだ。

「社会的距離（ソーシャル・ディスタンス）を取らなきゃダメなのよ。あなた知らないの？」

とバゲットマダムが言った。もう一人のマダムがぼくと目が合った。訴えるような目である。ぼくは肩を竦めて、同情をしてみせた。


周囲にいた人たちも驚き、二人の様子を見守っていた。バゲットを振り上げたマダムはかなり神経質になっている。食料品の詰まった袋を鷲摑（わしづか）みにすると、ちょっと大回りをして立ち去った。ぼくを見て、さらに大回りをして逃げていった。若い店員が、

「ロックダウン中、毎日こんな感じの揉め事があるんですよ」

と言って、嘆息を漏らした。毎日、そりゃぁ、大変だ。


みんなマスクをしている。そして、みんな他人を警戒している。ロックダウンになる前のパリの光景ではなかった。黒マスク、白マスク、青いのは最近中国から大量に入って来たマスクだ。面白柄の手作りマスクも多い。日本のコンビニで売っているようなスケスケの雨合羽（あまがっぱ）を着て手袋とマスクをした完全防備の人もいた。そしてＦＦＰ２と呼ばれる鴨のくちばしのような、唯一コ

ロナウイルスを通さないと言われるマスクをした人も多い。実はこのマスクをみんな欲しがっていて、でも、処方箋がないと手に入らない。やっと、マスクが市場に出回ってきたけれど、一時期は手に入らず、高級品であった。

あんなにフランス人はマスクを毛嫌いしていたのに、ロックダウンが解除になった後、ほぼ全ての人がマスクをつけている。マスクをつけていない人の方が圧倒的に少数派なのだ。フェイス・シールドをかぶった人も結構いた。みんなびくびくしながら、人とぶつからないように、人を避けながら、買い物をしていた。これは社会復帰までに長いリハビリが必要だな、とぼくは思った。

帰り道、この辺では老舗のカフェの給仕長のポールが店の前で日向ぼっこをしていた。

「あれ、やってるの?」

と訊くと

「ずっと閉めているわけにはいかないので、テイクアウトで料理と飲み物だけ始めたんですよ」

と言った。

「店はいつから?」

「それが、まだ何にも決まっていなくて。政府から何の音沙汰もなし。5月末から再開という話でしたけれど、本当になんの指示もなくて。今、協議しているんでしょうかねぇ」

「これまで通りの営業再開は難しそうだね」

「そうですね、きっと、カウンターとか難しいかもしれませんね。パリの名物なのに、カウンターにびっしり並んでコーヒーを飲んでいる人たちの姿はしばらく拝めなくなるかもしれません。後、テラスもきついかな。うちはほら、ごらんの通りぎゅうぎゅう詰めだから、このままの状態での再開は無理。どうするかオーナーと話し合っているところですけれど、いずれにしても、政府から指示が出ないと身動きがとれないので、困っているんですよ」

　ポールは肩を竦めてみせた。

「やっていけるんですかね。やめちゃう店も出てくるかもしれないです」

　バゲットを振り回したマダムは来ないだろうな、とぼくは思った。一応、ロックダウンの解除になったものの、街がこれまで通りの姿に戻るにはやはりそれなりの時間がかかるのかもしれない。観光地パリに活気が戻ってくるのは、いつのことになるのだろう?

## Posted on 2020/05/16

某月某日、パリが解放されたので、うろちょろしていたら、出会い頭に街角でアドリアンとばったり出くわした。ぼくを見つけるなり、笑顔を浮かべ、ここで会ったが百年目みたいな顔をした。手を振り上げ、

「よお、エクリヴァン（作家）」

と大げさに言った。ぼくは急いでいたので、

「やあ、フィロゾフ（哲学者）」

と呟き、行こうとしたら、通せんぼされ、

「マスク、マスク、マスク！　見てみろよ、日本の作家よ、このフランス人の体たらく」

と吐き捨てた。2ヶ月に及んだロックダウンが解除されたのだ、しかも、快晴が続いている。人々が外を歩き回りたくなるのは普通のことだった。しかし、確かに7割から8割の人がマスクをつけていた。

「フランス人は歴史的にも集う文化だった。握手なんて生ぬるい、ビズ（頬と頬をくっつける挨拶）に始まり、ハグで友情を深め、フレンチ・キスなんてものまで発明した。どこまでも接触したがる国民性だ。日本人はお辞儀だろ？」

哲学者は笑いながら、両手を腰にあてて深々とお辞儀をしてみせた。やれやれ、また長い話し

になりそうだ。

「僅か、2ヶ月でフランス人は誇り高き自由の気風を捨てて、マスクをして、人を遠ざけ、ここそ生きるようになった。マスクやフェイス・シールドは個人的なロックダウンの道具だ。一時流行ったグローバリゼーションとかインターナショナリゼーションに対抗するシンボルだ。元来、フランス人はマスクをするような国民性じゃなかった。気風が合わない。そもそもフレンチ・キスが出来ないじゃないか。日本人はマスクにＳＡＫＯＫＵ（鎖国）の精神を重ねているんだろ？　違うのか？」

極論が飛び出し、ぼくは噴き出してしまった。彼はＳＡＫＯＫＵと発音してみせた。

「日本人は孤独に慣れている。孤独を愛している。孤独をリスペクトしている。世界中が笑っても、日本人はマスクをし続けた。何年も前から、ずっと昔から、日本人観光客はパリ市内を観光する時でさえマスクを離さなかった。俺たちは笑いのネタにしていたが、お前らが正しかった。慌ててフランス人はマスクをつけた。見てみろ、つけ方がなっていない。隙間だらけ、鼻を隠さず、何日も使い続け、裏も表も間違えて、ウイルスが付着した表面を次の日には口側にくっつけている。中には飛行機で配られるアイマスクをしてる奴までいる。情けない。

日本人はマスクを文化にした。なぜかというと、日本人は集団社会の中にありながら、孤独を守ってきた。マスクがその証拠だ。

一人ロックダウンをずっとやってきた。ハグもビズも握手さえしない。お辞儀だ。社会的距離（ソーシャル・ディスタンス）をしっかり取って、頭を下げる。社会的距離（ソーシャル・ディスタンス）なんてものを誰からも教わらないで日本人は1000年以上、もっと前から、孤独の美学に基づく対人関係を構築してきた。わび、さび、茶室だ。飛沫感染をしない仕組みがもともとあったわけだ、すごいことじゃないか。心を簡単に許さない礼儀だ。簡単に許さないが、相手にリスペクトを持っている。マスクがその証拠だ。日本人は自分の唾を相手に飛ばさないためにもマスクをするというじゃないか。孤独の極みであり、高いところで完成された文化なんだ。

このことをフランス人は知らない。ただ、防衛のためにマスクを使っている。それじゃ、感染は防げない。長い時間をかけて、自衛の精神を学んだ日本人だからこそ、感染爆発を防ぐことが出来ているのかもしれない。日本政府が優秀なんじゃない、日本の歴史と国民が凄いんだよ」

鎖国という単語は新鮮だったけれど、ぼくはちょっと唐突な意見にしか聞こえなかった。でも、アドリアンらしい皮肉たっぷりの意見でもある。

「アドリアン、そこまで褒めて貰えて嬉しいけれど、そこまで考える必要があるのか？　別に、マスクくらいすりゃいいじゃないか？　君もした方がいい。君がマスクをした姿を一度も見たこ

とがない。見てみろ、君こそ、君の8割近くの仲間たちがこうやって慌ててマスクをしていると
いうのに、若くもない君がしないのは危険だ。なんなら、日本のマスクをやろうか？　もっとも
日本で売ってるいものもほとんどが中国製だけれど」
ぼくが鞄からビニールに入ったマスクを取り出したが、もちろん、受け取らなかった。鼻で笑
われてしまった。
「この世界にマスクを広めたのは日本人だ。世界中が知っている。お前たちは誇るべきだ。お前
らの勝利だ。日本をリスペクトするよ。孤独を知っているからこそ、マスクを受け入れることが
出来た。孤独の意味さえ知らないフランス人にマスクは似合わない。だから、俺はしないんだ
よ。分かるか、日本の作家よ。俺にはフランス人としての誇りというものがある」
「なんとなく、分かるよ。君がマスクをしているのを目撃したら、地球は終わるかもしれない
ね。ぼくはマスクをすると落ち着くんだ。君の言う通り、自分を保つことが出来るからかな。自
分の吐き出す息を感じる。バリアの中にいるような安心感はある。マスクはある種の信仰かもし
れない。心地よい湿度がある。ＰＭ２・５も花粉も恐れないでいいし、満員電車の中でも自分の
世界にいられる。マスクがないと不安かもしれない。それが日本人だ」
アドリアンが微笑んだ。その通りだ。
「日本は島国だし、アジアの外れにあるし、世界が沈没しかけても、農業を再建して、新しい鎖

国をやったら、生き残れるんじゃないか？　俺が今日、お前に言いたかったことだ。世界がグローバル化し過ぎたことがこの時代の不幸を招いた。孤独を愛する者が生き残れる世界がそこにある。俺はこういう言い方しか出来ないが、日本は外の世界が勝手に押し付けてくるイメージに振り回されることなく、今は、第二鎖国時代に向かうべきだ。それも一つの手だよ。

　中国やアメリカとは距離を取ること。農業を他国に任せちゃダメだ。懸命な経営者はこれから農業を始めるべきだ。飲食業が苦しければ、農業にシフトしたらいい。必ず必要とされる。食料の自給率さえ上げられれば、精神的ＳＡＫＯＫＵは出来る。製造業も自分の国に取り戻せ。中国製のマスクじゃなく、これからは日本製のマスクを再び世界に販売する方がいい。多少貧しくなっても日本らしさは残る」

　そこにピエールが通りかかった。彼は写真家なのだ。小型カメラを取り出し、笑顔で、ぼくらに向けた。ぼくとアドリアンは社会的距離（ソーシャル・ディスタンス）を取って語り合っていたが、ピエールが、一秒くらいくっついても逮捕されないだろ、と指先で合図を送った。アドリアンが社会的距離（ソーシャル・ディスタンス）を破って、ぼくの世界に侵入してきた。ピエールがすかさず、シャッターを押した。

「この一枚はやばいな」

　と笑いながら、言った。

Posted on 2020/05/17

某月某日、ロックダウンが終わって最初の土曜日、ぼくは太陽を求めてセーヌ河畔を散策することにした。途中まで息子も一緒だった。彼は2ヶ月ぶりに友人のイヴァンと会う約束をしていた。

最初の頃はぼくとジョギングしていた息子だが、ロックダウンの中ほどから「怖い」と言い出し家に引き籠った。今日は久々、彼自身のロックダウン解除日となった。

「パパ、やばいね。この人たち。マスクもしていないし、間違いなく第二波が来るね」

「仕方ないんだよ。見てごらん、みんな大学生くらいだろう。家に2ヶ月も閉じ込められていたんだ、これ以上我慢させるのは酷だよ」

ぼくらは広場に屯する若者たちの間を進んだ。ワインを持ち込んで、酒盛りをするグループがいた。上半身裸で日光浴をしている連中もいる。3密どころの騒ぎではない、みんなべったりと膝を突き合わせて騒いでいる。中には抱き合っているカップルもいる。何をしたのか分からないけれど、警察官に職質を受ける集団もいた。でも、老人の姿はない。若者たちは笑顔だ。去年の今頃と何も変わらない光景が広がっている。みんな自由を謳歌している。まるで野外ロックフェスティバルの敷地内であった。ぼくと息子はその中を進んだ。

「パパ、この2ヶ月が何だったのかって、不思議でならない。苦しかった日々も、そこを過ぎると幻想のようになってしまうのかな。そしてまた繰り返すの?」

「みんな、自分は大丈夫だと思っている」

「こんなに気持ちのいい季節なんだから、仕方ないね」

「感染再拡大は必ず起こる。その時に備えるしかない。お前も気を付けろ。自衛しかないからな、気を緩めるなよ」

「うん、分かった」

「でも、ずっと家に閉じ籠り続けるのは精神的にもよくない。イヴァンと遊んで来い。飛沫を避けながら、賢く遊んで来ればいい。夕飯までには帰って来いよ」

そう言って、息子の肩を叩いて送り出した。息子はお兄ちゃんお姉ちゃんたちの間を抜けて、市中へと一人向かった。この公園は長いこと立ち入りが禁止だったが、今は柵も取り払われ、見渡す限りの若者の群れであった。みんな車座になり、いったいどれくらいいるのだろう、1000や2000という人出じゃなかろうか。しかし、高齢者は皆無だ。重症化を恐れて、大人たちはマスクをして家にいるのかもしれない。

ロックダウン解除後、世界は二分化した。

解除に浮かれて元通りの日常に戻った人たち。

そして新型コロナを今まで以上に恐れて警戒を強めた人たち。

ぼくと息子は後者である。これまでは法によって移動が制限されていたが、国が経済へと舵を切ったことで、ここからは自衛するしかない。若者に同調して一緒に市中に出て感染すると、重症化する可能性が高い。この2ヶ月、嫌というほどその情報を植え付けられた大人たちは、そう簡単に外に出ることが出来ないのである。

セーヌ河畔にはもっと多くの人たちが溢れていた。セーヌ河畔沿いの道は歩行者天国になっており、ジョギングをする人、自転車の人、ローラースケートの人たちで賑わっていた。クレープ屋とか飲み物スタンドまで出ていた。まるでテーマパークに来たような拍子抜けする世界が広がっていた。

ぼくは岸辺にずらっと並んだ若者たちの間に、社会的距離（ソーシャル・ディスタンス）を保ちながら座ってみた。

セーヌ川の流れを見つめた。流れる川面に太陽の光りが照り返し、思わず目を細めた。正直、このような長閑な光景がすぐに戻ってくるとは思ってもいなかった。パリが元通りの風景を取り戻すまでにはさらに長い時間がかかると思っていた。

もちろん、これはパリの一部だ。デパートやメトロの中ではみんなマスクをしている。ここは屋外だからマスクをしていないだけで、ポケットの中に忍ばせているに違いない。レストランやカフェの再開がどのように行われるのか市民には知らされていない。それでも、初夏の風が吹き、眩しい太陽に目を細め、人々は喜んでいる。観光客のいない、パリ市民だけのパリがそこに広がっていた。いったい何がかつてと異なり、何がこれまでと一緒なのであろう。少しずつ、徐々に分かってくることに違いない。

　とりあえずぼくは第二波を警戒し、太陽に感謝しつつも、浮かれないよう気持ちを引き締めておくことにした。

## Posted on 2020/05/18

某月某日、マクロン仏大統領が病院を訪問した時、不意に看護師さんが呼び止め、たまりにたまった不満を爆発させた。

「もう、あなたのことは信頼出来ないのよ」

と女性看護師さん二名が叫んだ。

「これだけ頑張っているのに、フランスの看護師の立場は欧州の中でもいちばん低い、給料はほとんど変わっていない。もしも、コロナの問題がなければあなたは見向きもしなかったでしょ?」

すると普段は冷静なマクロン仏大統領だったが、立ち止まり、やや興奮気味に応酬(おうしゅう)し始めた。彼のこういうところが好きだけれど、医療従事者のみなさんの長年の怒りは収まらない。激しい言い合いのような感じになった。

「そんなことはない。就任時から病院の不満に対して僕はやっているよ。確かにあなたたちの不満を僕は訊いた。自分たちの行動が遅いのも分かっている。でも、僕は何も約束はしていない、したなら僕は約束を守る」

と大統領は身振り手振りで説明をした。このやり取りに全仏のメディアが飛び付いた。周りを気にせず言い合う大統領、自分らの不満を大統領であろうと直接言う看護師さん、この辺がフランスの面白いところだな、と思った。こういう場合、他の国のリーダーたちはどういう反応をするのだろう?

トランプ米大統領だったら?

きっと怒って立ち去ったかもしれない。看護師さんたちの怒りは収まらなかった。

「ヨーロッパの大国なのに道具もない、予算を減らされ、ベッドも足りない。政治的な発言はいらないから、私たちの質問にあなたの言葉で具体的に答えてください。なんで私たちは2001年に期限が切れているマスク(FFP2タイプ、ウイルスを通さないマスク)を使わされているの?」

とかなりきつい言葉を投げ付けたのだ。これがフランスの医療現場の本音なのだと思った。

マクロン仏大統領は一瞬、言葉を失った。2001年に期限が切れたマスク、という問い掛けに即座に応えることが出来なかったのだ。医療従事者のみなさんに最大1500ユーロ(約18万円)のコロナボーナスが出ることが決まっていたが、彼女らが問題視しているのはそこじゃなく、長年低い給料で働かされてきたことへの、道具もなく戦わなければならない現状への、抗議だった。

「僕は忙しいから行かなきゃいけないけれど」

とマクロン仏大統領がようやく遮る(さえぎる)と、

「私たちだって患者が待っていて、行かなければならないのよ」

と看護師たちがさらに強い言葉の礫(つぶて)をぶつけてきたのだった。

同じようなことが隣国のベルギーでも起こった。こちらは無言の抗議だった。病院を訪問した首相一行の車列が到着すると玄関前に並んだその病院の医師、看護師、医療従事者たちが全員で出迎えたのだ。ただし、全員が背中を向ける格好で。この映像はあまりに衝撃的であった。コロナ軍と予算も武器もなく戦う最前線の兵士たちの無言の抗議であった。

毎晩、20時に、フランス人は窓を開け、医療従事者への感謝を示す「拍手」を続けてきた。ロックダウンが始まった3月17日からこの運動が続いていた。でも、ロックダウンが解除された途端、あちこちでこの拍手が鳴り止み始めた。解除の日、5月11日の夜、

「今日はあるのかな」

と息子が言った。20時になったが、静まり返っていた。ぼくは窓を開けた。

「コロナはまだ収束していない」

ぼくらは、誰もいない通りに向けて、いつも通りの拍手をした。いつもなら、人々が出てきて拍手をするのだが、どこの家も、扉が閉ざされている。いつもの人たちは出てこない。解除後、日常が戻ってきたので、終わったと思ったのだろう。ああ、もう終わりなのかな、とぼくは思った。そもそもぼくは外国人だし、どこまで率先していいのか、分からなかったけれど、息子と叩いた。すると、最上階の老婆が顔を出し、叩きだした。「Bon soir（ボンソワー）（こんばんは）」とぼくが笑顔を

向けると、遅れてごめんね、と合図を送ってくれた。3人の拍手が響いた。通りの端の真面目そうなお兄さんも出てきて、大きく手を叩いてくれた。目の前の大家族、横のご夫婦、上の階のジェローム一家、斜め前の赤ちゃんのいる3人家族らも出てきて手を叩いた。結局、いつものメンバーが揃った。みんな、笑顔だった。そして、いつもより長い時間、ぼくらは拍手をしたのだ。その翌日も、その翌日も、同じメンバーたちは出てきてくれた。

「Bonne soirée（良い夜を）!」

とぼくは最後に大きな声で言った。みなさんからも、

「Bonne soirée（良い夜を）」

と返ってきた。もちろん、今夜もやった。

「パパ、いつまで続ける気？　パパが叩くとみんな出てきちゃうよ」

「それはみんなが決めることだ。まだ、コロナとの戦いは終わっていないんだから」

## Posted on 2020/05/19

某月某日、ぼくが今いちばん恐れていることは新型コロナの第二波だ。この土曜日と日曜日、パリ中心部の公園の芝生に集まった若者たちは、マスクもしておらず、中には抱き合う者たち、上半身裸で日光浴をする者たち、再会を祝い握手やハグをする者、社会的距離（ソーシャル・ディスタンス）など気にせず車座になって談笑している者ばかりであった。信じられない光景であった。ぼくが目撃した場所だけで数千人はいた。

パリ各地で、若者たちが繰り出し、太陽を喜んでいた。２ヶ月に及ぶロックダウンの反動とでも言える、あまりにも無防備な状態が広がっていた。６世紀、14世紀、19世紀に猛威を振るったペストは、14世紀に始まった大流行は断続的に70年も続き、１億人もの人の命（当時の世界人口は5億人）を奪っている。20世紀初頭に流行ったインフルエンザのパンデミック、スペイン風邪も１７００万人から５０００万人（一説には1億人）の人の命を奪っている。医療技術や医療体制が整っている現代だが、新型コロナの猛威を食い止めるのは容易ではなく、この通り至難の業だ。感染する勢いや、季節の動き、人々の移動、経済再開などによって、流行が収束しかけたり爆発したりを断続的に繰り返し、最終的に集団免疫が出来るまで、この状態を繰り返すことになるのに違いない。

アルベール・カミュの小説『ペスト』では力を合わせてこの伝染病に立ち向かう人間の共闘力が描かれているが、結局、登場人物たちはこの病を制御出来ず、現実は不条理に飲み込まれる非情論で締めくくられている。ぼくらが迎え撃ったこの新型コロナも実はまだパンデミックの始まりでしかないのかもしれない。

各国政府は目先の対応に追われている。当然のことだが、補償や対策やワクチンの開発や学校再開や自粛要請や社会的距離（ソーシャル・ディスタンス）を保ちながらの経済再開といった現実的な問題をこなすのが精一杯なのだ。今後、10年目安でこの伝染病との共生を計画している政府は今のところまだないだろう。人類はこの不条理の中で、動ける範囲で光を探し、形振り構わず出口を求める行動をとらざるを得ない。しかし、同時に政治的混乱やポピュリズムの台頭や思想分断なども生み出すに違いない。新型コロナの猛威によって、ユーラシア大陸や南米大陸、アフリカなどで段階的な感染爆発を引き起こし、そのうねりが強烈な第二波を誘発させ、この地球を飲み込むのではないか、という途方もないシナリオを想像させてしまうのである。

14世紀に大流行したペストは、収束したかにみせつつも、17世紀中葉（ちゅうよう）まで消えたり現れたりを繰り返し、世界全体に見るも無残な爪痕（つめあと）を残した。時代が違うので、それほど大きな犠牲者を出さないまでも、一部の人たちが語る楽観論を鵜呑（うの）みには出来ない。恐ろしい怪物軍の本隊はこれからかもしれないのだから……。

## Posted on 2020/05/20

某月某日、今日は大変なことをしてしまった。ロックダウンの初日から毎晩20時に医療従事者に拍手をしていたというのに仕事に追われてつい忘れてしまい、気がついたら20時9分で、慌てて窓を開けたのだけれど、すでに遅かった。ここまで一度も休んだことがなかっただけに、心が痛んだ。

「こうやってみんなに忘れられていくことが寂しい」と医療従事者の人の記事を今朝読んだばかりだったのに。

まさに、喉元過ぎれば熱さを忘れる、である。

忘れたのはそれだけじゃない。バゲットは食べる前に軽くオーブンで焼いて、表面に付着しているかもしれない飛沫を除菌してから口に入れるよう心掛けてきたのだけれど、それを忘れて息子にサンドウィッチを作って与えてしまい、あ、と気がついた時にはすでに食べ終わった後であった。

まさに、喉元過ぎれば熱さを忘れる、である。

昨日、スーパーで大量に買った食材のうち、ワインボトルを洗い忘れたまま冷蔵庫に仕舞っていたことに気がついた。というか、洗ったか洗わなかったか、さえ思い出せなかった。ビールとか、ワインを一度取り出し洗い直すことになった。慌ててぼくはアルコール消毒剤のボトルに、「コロナ、忘れるな！」と油性ペンで書くことになる。

まさに、喉元過ぎれば熱さを忘れる、である。

マスクは忘れないし、手洗いも欠かさない。そういう重要な予防は今のところ忘れないで続けられているのだけれど、ロックダウンが解除されてから、使い捨てのサージカル手袋を着けるのをやめてしまった。理由はいくつかある。

初夏なので、暑い。

外に出ると、ロックダウン前の日常が戻っていて、高齢者以外はマスクをつけなくなりつつある。

何かパリ中が気の緩み、油断の中にあり、真っ黒なビニールの手袋までしなくてもいいか、という気分になってしまった。

まさに、喉元過ぎれば熱さを忘れる、である。

ロックダウン中は、使用していない古い地下室のカギを常に握りしめ持ち歩いていた。これでドアコードを押したり、レジでカード精算したり、銀行でお金を引き落とす時に使ったりしていたのだけれど、持ち歩くのがいつの間にか面倒くさくなって、最近は指先でコード番号を押している。もちろん、その後、手洗いは必ずしているのだけれど……。

ロックダウンの最中は神経質になっていたことを思うと相当に気が緩みまくっている。

まさに、喉元過ぎれば熱さを忘れる、である。


外出証明書もいらなくなったし、外に出ると暖かいし、みんな幸福そうに歩いているし、デパートもやっているし、そこに新型コロナがいるとは思えなくなっている。若い人はもうマスクをつけていないし、街角に人々が戻り始めているし、このままみんな普通に戻っていくのかもしれない。

ロックダウン中に必死で買い集めた消毒ジェル置き場の中に、息子がやったのだろう、わさびのチューブが置かれてあった。息子を呼び止め問いただしたところ、

「もう、1週間も置いてあるのに気づかないの、やばいよね」

と言われた。これは彼一流の皮肉だったのかもしれない。

まさに、喉元過ぎれば熱さを忘れる、である。

## Posted on 2020/05/23

某月某日、「やっぱり、何より大切なことは『自分を大切にすることなのだ』と思う。それは『無理をしないことなのだ』と思う。昔、先輩に『辻、死ぬ気でやれ』とよく言われた。でも、そうじゃない、そういうやり方がいちばんダメなのだ。死んじゃったら元も子もない。だからパパは『死ぬ気でやれ』と言われたら『はい、頑張ります』と言っていつも怠けていたんだよ。でも、その代わり、好きなことを徹底的にやった。学校の成績は悪かったけれど、得意なことだけは誰にも負けなかった。結局、パパは、お金になろうとなるまいと、好きなことだけを続けてきた。だから仕事が苦しいと思ったことがない。好きなことだから、死ぬまで続けられる。定年もない。だから、君の考え方には賛成だ。とことんやりなさい」

ぼくはそう息子に言った。

仕事をしていると息子が、

「ちょっといい?」

と言って仕事場に顔を出した。

「将来のことで相談がしたい」

と神妙な顔で言うのだ。窓辺に一人掛け用のソファがある。隣の部屋からもう一つ持ってきて、向き合うことになった。進学についての悩みだった。

「だから、やりたくない仕事をしてお金持ちになることをとるか、好きなことをやってお金ではなく夢を追いかけて生きていくか、で悩んでいるんだよ」

ぼくは、

「お金も必要だよ」

とだけ言っといた。家族を養うためにはある程度のお金が必要になる。たくさんはいらないけれど、ちゃんと食べられる生活は維持しないとならない。

「分かってるよ。でも、やりたくない仕事をやってストレスを感じる一生も人生ならば、自分がしたいことを追求して、お金はあまりなくても、毎日、生きている意味みたいなことをひしひしと感じられる人生というのもあって、僕は最近、やっと気がついた。自分は後者のような生き方を選びたいって。

まだ、何を将来やりたいのか分からないんだ。明日までに選択科目を決めて学校に提出しないとならないんだよ。で、僕は数学を捨てるつもりなんだ。数学を捨てると、僕が進む道がかなり狭くなる。法律か経済か人文科学しか選択の余地がないんだ。でも、残念ながら、僕は数学が得意じゃない。その上、道も決まっていない。なのに、モチベーションのない数学をとったら、僕は何年間もその苦手な問題と向き合わないとならなくなる。でも、数学を捨てると就職で不利になる。パパだったら、どうする?」

ぼくらは2時間以上向き合っていた。今日中に、息子は将来を決定しないとならない。用紙にサインをして学校に提出する。そこで、最後の最後に、ぼくに訊いてきたのだ。

「実はアントワンヌが落第するかもしれないんだ。みんなショックを受けている」

アントワンヌ君はうちにもよく遊びに来ていた。真面目で性格のいい聡明な子であった。息子の大事な仲間の一人である。

「アントワンヌは学校を変えるか、留年するしかない」

と息子は言った。

「好きじゃない科目を選択して、無理をして、結果が出ないと、自分の性格が分かるからこそ、僕は学校が嫌いになるかもしれない。そうなると、成績も下がる。落第する可能性もある。好きな科目を選んで好きなことをやればきっと僕のことだから成績は維持出来る、もしかしたら、成績が上がり、その中から将来の仕事に関係する何かを見つけることが出来るかもしれない」

彼は2時間、一人で喋り続けた。ぼくはその間、黙って聞いていた。彼は今、大きな十字路にいる。誰もがぶつかる大きな十字路であった。そこで、最後に、冒頭のようなことをぼくは息子に言ったのである。息子は、

「分かった」

と言って自分の部屋に戻って行った。

実は、結局、それは自分で決めるしかないことだったりする。その人がどう生きるかは、誰であろうと、親であっても、決めることは出来ない。ぼくはずっと息子を厳しく育ててきた。片親だからこそ、荒波を自力で乗り越えて行けるように、と厳しく育てた。躾に関しても徹底的にやった。だから、挨拶の出来る子に育った。でも、もう16歳だ。ここからは好きに生きるべきなのだ。一つだけ言えることは「自分を大事にすること」である。それは親であるぼくの願いでもある。自分を大事に生きる、そう思うだけでもいいのだ。それが人生の基本中の基本なのだから。

息子よ。右と左に道が分かれていたとする。どっちに行くかで迷ったら、自分を大事に生きることが出来そうな道を選びなさい。

Posted on 2020/05/24

某月某日、ロックダウンの解除と共にマルシェが再開した、という噂を耳にしたので、どういう風に再開しているのかも気になったし、もう20年近く通ったマルシェなので、顔馴染みの店主たちがどうしているのか気になり行ってみた。確かに、マルシェは復活していた。でも、なんか変だ。あれ、変だぁ。いったい何が変わってしまったのだろう。

まず、4列あったマルシェが1列減らされ3列になっていた。その分の店舗が、横に増やされ、縦長に延長されていたのだ。1列減った分、マルシェを横切る通路が広々していた。前はすれ違うのもやっとだったので、かなり広々したという印象であった。

それに、みんな社会的距離（ソーシャル・ディスタンス）をしっかり取って並んでいる。前はぎゅうぎゅうに並んでいたのに……。もう一点、大きな変化はどの屋台も、ビニールやプラスティック板でガードされていたことだ。屋台全体をビニールで囲んでいる店もあった。何箇所か四角い穴をあけ、商品やお金を手渡せるようにしている店もあった。

店員さんたちはマスクよりも、フェイス・シールドをかぶっている人が多かった。マルシェに来る人は年配の人が多いせいか、マスクをつけている人がほとんどだった。昔通りのマルシェではなかったが、コロナ対策万全のニューノーマルならぬニューマルシェであった。

ぼくとしては20年近く通いなれたマルシェなので、みんなのことが気になった。とりあえず全ての店が今まで通り元気に営業しているのか、とりあえず、回ってみることにした。ところが、1列撤去されているので、マルシェ全体の店舗配置が変わってしまっていた。しかし、すぐに再会出来た。パン屋も、燻製屋のおやじも、魚屋の兄ちゃんたちも、卵屋のムッシュも、スペイン食材店のご夫婦も、アラブ食材店、ベトナム食材店のおやじさんたちもみんな元気だった。しかし、見当たらない店もあった。イタリアの生ハム屋が見当たらなかった。イタリアは欧州でいちばん大変だったので、一時的に祖国に帰っているのかもしれない。肉屋の、いつものカーボーイハットをかぶったマダムは元気だった。

「おお、マダム、ご無事でしたか？」

「ええ、なんとかね、あなたも生きていたのね、よかった、また会えて」

「変わりましたね、マルシェ」

「仕方ないわよ。こんな時代だもの」

肉屋さんはちょうどお客さんの顔の位置にラップを利用した透明な幕を作り、飛沫が飛び交わないような仕組みを拵えていた。

「お国からの行政指導でね、どの店もガードをしないとならないのよ」

「でも、思ったよりも安心して買い物が出来ます」

「ええ、お金を扱う人を一人決めて、品物を売る人とは分けてるの。やっぱりコインとか紙幣っていちばんウイルスが付着しやすいから、その都度、消毒ジェルで手を洗うようにしてるし、気を使っているわよ」

それでも、こうやってマルシェが復活出来てよかった。

「でも、まだ、昔ほどの人出ではないわよね。マルシェを利用する人自体が年配の人が多いでしょ。みんな警戒して当然だし、時間はかかる。でも、経済が戻ってきているのも分かる。フランスは頑張ったでしょ？　やっぱり、こうやって会話が出来ると安心するものよ。ところで、キャピテン、今日は何にする？」

日本でいう大将のことをこっちではキャピテンという。

「なんかフランスっぽいものを作って食べたいな、何がいいですかね？」

マダムがちょっと考えて、豚の肩ロースを指さした。

「ポーク・ロティは？」

「いいですね？　付け合わせはジャガイモとたまねぎですね？」

「それにリンゴのコンポートを添えたら、完璧じゃない？」

「あ、じゃあ、ステファニーおばあちゃんのリンゴ屋に行かなきゃ」

マダムが肩を竦めた。

「あの人、もうすぐ80歳だからね、見かけないけれど、出店しているかしらね、先週からマルシェは再開したけれど、見ていないわ」

と言った。なんだか、急に不安になった。そこで、ぼくは記憶を頼りに敷地内を探してみることになる。でも、見当たらない。年齢が年齢だけに重症化すると命とりになる。あちこち探し回っていると、ワイン屋と野菜屋の間を、うろちょろしている小さなおばあちゃんを発見。よかった。


「こんにちは」

「あれ、あんた、あれれ、元気やったとね?」

ぼくには84歳の母さんが見えた。ステファニーおばあちゃんが喋るフランス語がなぜか、博多弁に聞こえたのである。

「元気にしとったです」

「そりゃ、よかったったい。また会えて、嬉しか」

なんとなく、泣きそうになった。小さくて、ちょっと腰が曲がっていて、人懐っこい懐かしい笑顔で、よかよか、と頷いている。

「ポーク・ロティ作るんだけれど。リンゴのコンポート、添えたかとです」

「じゃあ、いろいろなリンゴを一つずつ混ぜて持ってかんね。十種類くらいあるけんね、その方が美味しいコンポートになるとよ」

ありがとう、母さん、と言いそうになって、

「Merci（メルシー）」

と言い直した。

家に戻り、オーブンを温めて、ポーク・ロティを作った。リンゴはココットに入れて、ちょこっとだけ水を加え火にかけ、砂糖はいれず、蓋をして煮る。すると勝手にとろとろのコンポートが出来上がる。

ジャムは苦手だけれど、ポーク・ロティに添えられた自然の甘さのコンポートは好きだ。豚肉の肉質ととってもマッチする。息子も美味しい美味しいと言って完食した。

「今日、マルシェでババにそっくりなおばあちゃんに会ったよ。リンゴ屋さんだ、このコンポートのリンゴを買った」

「へー、フランスのババの味だね。初めて食べるけれど、懐かしいなぁ」

「美味しいだろ？」

「ババに会いたいね。コロナ、早く収束してほしい」

ぼくらはコンポートとポーク・ロティを頬張りながら、福岡のことを思い出していた。

## Posted on 2020/05/24

某月某日、花さん[※1]のことは知らなかった。そういう番組があることもぼくは知らなかった。でも、自分の子供でもおかしくない子がSNSの誹謗中傷で命を落とすのを平然と受け入れることが出来ない。ぼくも誹謗中傷を受けてきた。相当、すごかった。死んでいてもおかしくない時が何度もあったが、ぼくは図々しい人間だから、死を選ぶことはなかった。

でも、花さんは違った。

いじめというのは群集心理だから、ある時、何かがきっかけで、不意に世の中の反感を浴びることがある。匿名の集団心理は一旦火が付くと、抑えが利かなくなる。個人というよりも、群衆に紛れた大勢の中の一人になることで、普段見せない裏側の心理がむき出しになり、いきおいで騒動に便乗し、あまりに軽い気持ちで攻撃に参加し、参加することで大勢の側の一人でいられるような優越に浸る、という悪い循環が生まれ、攻撃された個人はたまらなくなる。世界が全て敵になるのだから。

ぼくは昔から生意気だったし、いろいろと歯向かっていたので、いじめられた。中学生の頃が酷かった。その時の経験をもとに書いたのが『ピアニシモ』（集英社）という小説だった。いじめを受け続ける主人公はぼくの分身でもあった。フランスでも「ＩＪＩＭＥ」という単語が通じるくらい、日本のいじめは国際化している。

今回の花さんのことはフランスでも報じられた。イギリスでも、ドイツでも報じられている。いい加減、このような悲しい出来事を繰り返さないでほしいけれど、SNSの社会がここまで拡大すると、なくすのは容易なことじゃない。ツイッターとかインスタなどSNS側にもこれを機に、SNS内の行き過ぎた集団いじめを野放しにせず、何かのプロテクション機能[※2]を考えるきっかけにして貰いたい。いじめから、脅迫にまで発展する例もある。SNS側の技術と誠意で人の命を救えると思う。ぜひ、早急に取り組んで貰いたい。

※1……女子プロレスラーの木村花さん
※2……SNSに投稿された内容の安全性をチェックする機能

# 第5章

# アフターコロナの世界では

## Posted on 2020/05/28

某月某日、最新のニュース番組で、フランスはロックダウン解除後、第二波の兆候は未だ見られない、と報じられた。でも、何か釈然としない。日本でも緊急事態宣言が解除され、日常が戻りつつあるようだが、しかし、まだコロナが消え去ったわけではない。欧州各国もロックダウンが解除され、確かに一定の成果が出ていることは事実だけれど、ウイルスはまだいっぱい存在している。

そんな中、ドイツのメルケル首相が今日、興味深いことを語った。「新型コロナウイルスの流行はまだ始まったばかりなんですよ」とロイターが報じている。メルケルさんはもともと物理学者だ。彼女は欧州でも早い時期から防疫体制を整え第一波の流行を欧州の他の国よりは上手にコントロールした。学者だからこその先見で、パンデミックを見てきた一人である。そんな彼女が「抑え込みの成果は出ているけれど、ウイルスは消滅したわけじゃない」と警告を発している。そして、「このパンデミックは、実はまだ始まったばかりで、感染の急速な再拡大は起こり得る」と、かなり慎重な見解を示している。同じくフランスのヴェラン保健相も元神経科医だが、同じ日に、ほぼ同じことを言っている。

「この感染症をコントロール出来るようになってきたけれど、まだ僕らはこのパンデミックの中にいるんだよ」

実は、ぼくがずっと、世の中の動きを見ながら、なんか変だな、と思っていたことがある。フランスの友人も、日本の友人も、経済を戻すことを優先して、もちろん、それでいいのだけれど、肝心なところで何かをすでに忘却しつつある。時を同じくして、フロリダは3連休で物凄い人がビーチに集まり、424人の感染者を出した。日本でも北九州市で感染者が8人出たそうだけれど、まだ、ウイルスはちゃんと残っているので、当然こうやって噴出する。実は、ぼくらは新型コロナに、ただ慣れてしまっただけではないのか？

今、パンデミックの流行の中心は南北アメリカ大陸に移った。ブラジルやチリの感染拡大は物凄い。チリは医療崩壊を起こす直前にまで追い込まれている。ウイルスの群れがぐるっと地球を一周している感じだ。

アフリカ大陸から医療崩壊の話や物凄い数の死亡報告がないけれど、そもそも医療施設が整っていない国が多いので、情報が摑み切れていない。今現在、どういうことが起きているのか、起こりつつあるのか、まだ分かっていないだけで、実はすでに感染爆発が起こっているのかもしれないのだ。

しかし、ぼくのこういう心配をよそに、フランスはロックダウン解除から2週間と2日が過ぎた。集中治療室に入っている人の数も、いちばん酷い時は7000人を超えていたのに、今日現在、集中治療室にいる患者は1500人まで下がり、死者も毎日1000人ほどが亡くなっていたけれど66人まで減った。でも、66人、未だ亡くなられているのだ。まだウイルスは消えていないし、いつ再拡大するか、分からない。ペストはこの状態がいちばん酷い時期が70年ほど、さらにだらだら欧州全域へ拡大しながら300年ほど続いている。医療技術が全然違うので比較は出来ないが、ウイルスが残り、人間が油断をすればいつでも襲い掛かってくる状態にあるのは変わらない。

日本で死者が少ない理由を探すニュースが増えている。政府が迅速な防疫政策をとったからだという意見もあったが、アジア全体が低い数字（その中では日本は高い方）で推移してきたところを見ると、どうやら日本だけ特別なことが起こっているわけではないようだ。白人、黒人、アジア人では重症化から死へ至るまでの間に異なる要素が存在するようで、統計を比較しても、アジア人は今のところ白人より死亡する確率が低いように見える。しかし、志村けんさんや岡江久美子さんが亡くなられた現実が消えることもなければ、また、コロナウイルスの変異は早いので、今、南米にいるウイルスが今後どう世界に広がっていくのかを注視し続けないとならない。

メルケル独首相が言った「まだパンデミックは始まったばかり」というのはこの日記でも過去に書いてきた通りで、物凄く長い戦いの中に人類がいることは間違いない。経済の回復に向かいつつも、常に再び新型コロナが猛威を振るう可能性があることを意識した活動再開にしていく必要がある。

フランスでは「このまま新型コロナが収束するかもね」という意見が出始めていて、もうなかったことのように思っている人がいくらか出てきているし、オックスフォード大の調査では英国人の5人に1人が「新型コロナ脅威は作り話だった」と考えていることが分かった。英国ではすでに3万7000人以上が死んでいるというのに、作り話にしたいと思う現実逃避的思考は、政権への不満やコロナ疲れが原因であろう。アジアがこのまま収束してくれることを祈りつつも、この感染症を人類がコントロール出来ていないことも一方で現実であることを、常に頭に置いておく必要がある。

## Posted on 2020/05/28

某月某日、息子と歩いていた。すれ違う人がぼくをいつもじろじろと見るので、

「あのさ、パパってそんなにかっこいいの？　すれ違う人がみんなパパのことをじろじろ見ていくんだけれど、かっこいいってことでしょ？　ジャッキー・チェンに似てるなって思ったのかな？」

と言ったら、

「パパは、幸せな人だね。ダサいアジア人が歩いているって思ったとは思わないの？」

と息子が呆れたという顔で言い放った。

「パパのいいところはね、普通の人だったら、差別されたと悲観的に思うところを、自分に都合のいい方に解釈してしまうところで、そういう点では、尊敬するよ」

と言ったので、ぼくは笑った。息子も笑った。

ちなみに、ぼくらはスーパーに買い出しに行く途中だった。1週間分の食料を調達するのだけれど、重いので荷物担当として付き合わせたのである。

「あのね、でも、もしも、差別的な理由でパパを見ているとしたらね、あんなに長いこと目が合わないし、パパが最後に微笑みを向けると、可愛く照れて、笑顔でだいたいみんな、Bonjour（ボンジュール）って言ってくれるんだ」

「パパ、病気だよ。それ、誰？」

「誰って。みんなだよ」

「若い女の子じゃないでしょ？　おじさんとか、ご年配のマダムでしょ？　違和感があるんだよ。分からないの？　パパが圧倒的に変なんだよ。ロン毛で、変な恰好していて、しかも、変なマスクつけてさ、変なサングラスとか、そりゃあ、じろじろ見られるでしょ？」

「違うよ。ロックダウンになる前からずっと、そうだな、パリに渡って以降、毎回、すれ違う人たちがじっとパパを見るんだ。あれは差別じゃない、難しい日本語で言うと、センボウノマナザシって言うんだ」

「やれやれ、バカじゃないの」

と息子はフランス語で言った。

「パパはね、でも、そのままでいいと思うよ」

息子がスーパーで言った。

「何がそのままでいいんだよ」

「自分に都合のいいように解釈をするってことさ。つまり、それはポジティブってことかもしれないなって、思った。僕だったら、差別されたと思って家から出られなくなる。みんなが僕を差別しているって、日本人だから変な目で見られるって悪い方に悪い方に考えちゃうよ」

「なんで、そういう風に悪い方にばかり考える？　人生に幻滅しているのか？　百歩譲って、パパの勘違いが甚だしいとしよう。千歩譲って、みんなはパパのことをダサい人だって勘違いしていたとしよう。

でも、パパはそれをいい方に捉えて自分をハッピーにした。その結果、今日が楽しいし、外を歩くのが楽しい。Bonjour（ボンジュール）って大きな声で言うと、みんな、クスクスと笑って、照れ笑いを浮かべて、幸せになる。パパは世界を幸せにさせる天才なんだよ。お前はそういうところを見習うべきだ。マイナスに考えて、自分を追い込んで生きるより、胸張って生きた方が断然いいじゃないか。一度しかない人生なんだから」

ぼくらは買ったものをレジに持って行った。馴染みのレジ係の年配のマダムにぼくは、

「Bonjour（ボンジュール）」

と言った。そして、

「この店は品揃えがいいですよね。欲しいものがだいたいなんでも揃っている。ワインとか本当に厳選されたものばかり。あの、こいつ、息子です」

とぼくはマダムに息子を紹介したのだ。

「まあ、大きな、おぼっちゃん。初めまして。あなたのパパが来ると店が明るくなるのよ」

ぼくは息子の頭を後ろからぱこーんと叩いておいた。

「いて」

と言いながら、でも、息子は鼻の下をもぞもぞさせながら、笑いを堪えている。この子の嬉しい時の癖なのだ。

「マダム、この子に言ってやってください。スーパー・ポジティブに生きなきゃ、人生は微笑んじゃくれないよって」

「ええ、そうよ、パパの言う通り、いろんなお客さんがいるけれど、あなたのパパはね、いつも一ついいことを言って帰るのよ。本当よ。たいしたことじゃないけれど、そのちょっとしたことで、今日だったら、なんでも揃っていますねって、言ったでしょ。その言葉でみんなやる気になるんだから、凄いことよ。黙っているだけじゃ通じないでしょ。分からないじゃない、日本人のこと知らないし。

でも、私はすぐにあなたのパパのことを覚えた。面白い日本人がいるよって、噂になった。みんな日本人にも愉快な人がいるんだって、思ったのよ。それはいいことだと思わない？」

ぼくはもう一発、息子の後頭部をぱこーんと叩いておいた。

「聞いたか、この麗しのマダムの一言を、スーパー・ポジティブで行け、息子よ」

## Posted on 2020/05/29

某月某日、つまり、人間はストレスに殺されるのだ。これは明らかだと思う。人が身体の不調を抱えるのはストレスを我慢するから。ストレスのせいで身体が持たなくなるとぼくはずっと信じてきた。ストレスに殺されることくらい人間として最悪なことはないが、そのストレスを人は自ら招き入れてしまっている。ここを改善というか、変えることが可能ならストレスは起こらない。とっても簡単なことだけれど、それが簡単じゃないのは、社会との関係性の問題であろう。でも、ストレスをなくす方法は必ずある。ストレスのない人生を手に入れることを望むのなら、多少の生活改善、人間関係の変更は覚悟するしかない。

ストレスというものは必ず、人間が持ち込んでくるからだ。ストレスの理由は他人である。けれどもこの現代、他人を排除して生きることは難しい。他人を排除して仕事をすることも難しい。お付き合いをしなければならない人たちがみんな優しい人たちであるわけがないので、必ずストレスが生まれてしまう。ぼくは多分ストレスの少ない方の人間だと思う。どうやってストレスのない生き方をしているかというと、３つの鉄則を守り抜くからだ。

1．自分が我慢しないとならないことには絶対手を出さない

2．頭を下げないとならない人間関係には所属しない
3．自分の人格を否定されるような構造社会には絶対近づかない

これだけ心掛けることが出来れば、実はストレスは生まれないのだ。我慢しないとならない仕事の依頼、友だち関係には手を出さない。人間には元来、頭を下げないとならない理由なんかないので、相手がそれを強要してくるのなら即座に離れる。心から尊敬出来る人には自然と頭が下がるので、それは別だ。ぼくの人権を否定してくるような場所では働くこともしないし、そういう人間グループには絶対参加しない。たったこの3つだ。この実践で人間はストレスの95％以上を排除することが出来る。それを実践するために仕事や人間関係の変更が必要になり、お金がなくなったり、孤独になったりするかもしれない。ぼくはそれでいい。孤独上等である。ストレスで自分を苦しめるようなお金や人間関係は必要ない。しがらみを排除すること、これが出来れば、もう大丈夫。出来なければ、ストレスは消えない。当然のことである。割り切る力を持つ、一生を物凄く長いスパンで考えて、軌道修正をするのだ。一生は誰のものでもない、自分に与えられたいちばん尊いものだと信じている。

こう書くと、必ず、あなたみたいに生きられないと書いてくる人がいるんだけれど、そこだよ、結局。じゃあ、なんもやらないで指をくわえているのか、っちゅうことになる。どんなやり

方でも方法はある。卑屈になって全否定がもっともいかん。言っとくが俺だって、食えなくなる時もあったし、人に言えない努力は見せないけれど結構やっているんだよ。見せたくもないわ。

日本の美徳風習だと思うが、「すいません」とまず謝ることから、物事が始まる場合がある。「ごめんなさい」となぜか最初に謝ってから他人との関係を築いていったり。これが、フランスにはまずない。最初の頃、フランス人は図々しい奴らだ、と思った。一言謝ってもいいんじゃないの、と思ったが「申し訳ありませんでした」という言葉はよっぽどのことがない限り聞かない。なので、謝られた時は、本当の謝罪であることが分かるのだ。

自分に非がないと思うのに謝るからストレスになるだけのことだ、と気がついたら、結局、ストレスは減った。フランスでは、お互い、相手に謝罪を期待しない文化なので、平行線で終わっても人格が否定されることはない。言いたいことを言って納得して、一応終わる。今、ネットで話題になっている、口汚い人格を否定するような言葉は、フランスであまり聞かない。そういう人格否定に関心がない。他人のことをとやかく言う暇がないのだと思う。

「へりくだる」とは、「相手を敬って自分を控えめにする。謙遜する。卑下する」という意味を持つ日本独特の言葉だが、これに当てはまる言葉がない。この言葉は時に自分を低くして、使われる。自分自身を貶めることで相手を上げる言葉だけれど、状況によっては自分を卑下する感じにもなる。ぼくは若い時から、これを使わないことにしている。相手がどんなに偉い人であっても、同じ人間なので、自分を貶めることは、相手にも失礼だと思ったからだ。なので、へりくだることを美徳としてなりたつ社会では生きることが出来なかった。だからぼくは自分らしく生きることの出来る職業を探し、その中で、控えめに生きている。え？　どこが控えめかって？　確かに。しかし、他人の人格を否定しないところがぼくらしい生き方だと思っている。それは自分にも返ってくるのだ。

## Posted on 2020/05/30

某月某日、ぼくがたまに顔を出すバーの共同経営者のリコはモロッコ人だ。散歩していたら、リコに呼び止められた。なんか、目を赤くしている。

「ツジー。アメリカのミネアポリスで暴動だそうだ。知っているか？」

今日はフランスのどのチャンネルもその話題一色だった。アメリカ中西部ミネソタ州ミネアポリス市で白人警官に首を押さえ付けられ無抵抗の黒人男性が助けを求めながら死亡した事件。ショッキングな動画が世界中に出回り、それを受けて、今日は数千人規模の大暴動が起きている。ウォルツ州知事は非常事態宣言を発令、州兵が沈静化にあたっている。

「知っているよ。動画、ツイッターで見たよ。アメリカはいつまでも、同じ過ちを繰り返すね」

「ああ、でも、フランスでも同じことがあるんだよ。こんなに立派な人権の国でも、俺たちアラブ人は真っ先に差別の対象になる。テロの後、仕方ないことだけれど、どこにいても職務質問を受けた。それに抗議をした俺の仲間は警察に逮捕された」

リコは物凄く大きくて、怖い印象があるので、最初は近づき難かった。でも、ある日、道端の花に水をあげているのを見てから、この人の優しさが分かった。本当に優しい心根を持った人で、忙しい常連さんの代わりに買い物に行ったり、盲人の方の手を引いて道を渡ったり、ご年配のマダムの荷物を持ったり、見た目は怖いけれど、虫も殺せないような優しい性格の持ち主なのだ。確かに彼の仲間たちは一歩間違えたらギャングでもおかしくないような連中だけれど、リコが揉め事の仲裁に入り、いつも丸く収めてきた。だから、彼は警官に殺された黒人の人のことを考え、胸を痛め、目を腫らしていたのである。

「同じ人間なのに、差別のなくならないこの世界のことを思うと、コロナよりも嫌になるんだよ」

この人は心が優し過ぎるのだ、と思った。


ぼくはなぜか、鈍感だからか、この国で差別を受けたことがない。嫌な思いをしたら、日本語で怒鳴り返して相手をきょとんとさせるだけの度胸もある。差別される側にもやり返せない弱さがあるんだ。これがぼくの持論だったが、リコは、ぼくのこの発言に反発した。

「それは、君が日本人で、日本の保護の中にあるから、そういう考えでいられるんだ。でも、僕らは海を渡り、フランス人となり、この国で生きるようになり、ここでは移民というレッテルを貼られている。そして、宗教の問題もあるし、テロが起こる度に後ろめたい気持ちになる。根深い差別の問題と隣り合わせで生きなければならない」

ぼくは言葉を見つけられなかった。リコは笑顔で、肩を竦めてみせた。

「でも、フランスが大好きだ。アメリカだったら、もっと生き難かったかもしれない。だからさ、フロイドさんのことを思うと悲しくなるんだよ」

「フロイドさん？」

「警官に殺されたジョージ・フロイドだよ。普通に生きていた。殺されるとは思ってもいなかっただろう。コロナのせいで、ポピュリズムが蔓延してきた。そのしわ寄せで、死ななくていい人まで死んでいるんだ」

その後、ぼくは移動し、教会前広場のベンチに座り、携帯でミネアポリスの暴動のニュースを追いかけていた。トランプ米大統領が「略奪が始まったら銃撃を始める。ありがとう！」とツイートした。ツイッター社がこれに対して、「暴力を美化している」という注意喚起する表示を付けたのだ。26日にも大統領が秋の大統領選挙の投票方法を批判した投稿にも「根拠がない」の注釈を付けていた。大統領はそれに対してSNSの閉鎖を示唆したのだが、ツイッター社は気にせず、さらに注意喚起をしたのだ。ツイートの誹謗中傷にも注意喚起の表示を付けたらいいのに、そしたら木村花さんは死ななくて済んだかもしれない、と思った。

「よお、エクリヴァン（作家）」

と声がしたので顔をあげると、アドリアンだった。

「よお、フィロゾフ（哲学者）よ」

とぼくは返した。

「どうした、浮かない顔をしているな」

と言うので、ミネアポリスの黒人殺害事件のこと、トランプ米大統領のツイートのことなどを手短に説明した。すると、アドリアンは葉巻をふかしながら、ぼくの横に腰を下ろし、微笑んだ。

「アメリカはそういう国だ。ポピュリストの多くがトランプを信奉している」

「ああ、日本でも、ネットのコメントなんか読むとトランプ米大統領の強引なやり方を支持する人が結構いる」

「そうか、なるほど、面白いな。しかし、そういうトランプを支持する日本人がアメリカに行くだろ、すると、真っ先にそういう連中から差別されるんだ。トランプは白人しか見ていない。アメリカの白人至上主義者は日本を利用しているだけで、友だちでもなんでもない。あまり、信じない方がいい」

その話しの流れから、アドリアンが

「ミネアポリスの黒人殺害事件がきっかけで、世界が戦争になるかもしれない」

と言い出した。

「つまりだな、ツジ、今、この世界で起こっていることは全部繋がっている。このミネアポリスの黒人殺害事件は、この後続く世界の悲劇へと流れる前哨戦の一つかもしれないんだよ」

と言った。

「市場経済が行きつくところまで来たこの世界にコロナが出現した。しかし、その直前には、もともとポピュリズムが台頭しつつある土台が出来つつあった。英国のEU離脱、欧州各国での極右台頭。もともと世界が門戸を閉じかけていたところにこの新型コロナが出現し、完全に各国の門が閉ざされた。どこも自国を守るので精一杯なので世界のバランスなど考える余裕がない。11月のアメリカの大統領選が引き金になる。

10万人を超えるコロナの死亡者、失業者は2500万人を超え、失業保険申請件数は4000万件を超えた。リーマンショックの時と比べ3倍以上の深刻度だ。このままじゃ、トランプ政権は勝てない。だいたい戦争というのは、歴史の流れから見て、国内の問題から国民の目を逸らすために起こるんだ。そういう意味では目が離せない。特に夏以降」

「夏以降？　どうなる？」

「物事というのは一気に何かが起こるわけじゃないんだ。いくつもの出来事が重なって、それが予期せぬ運動を引き起こし、巻き込んで、思いもよらなかったことを引き起こす。大統領戦に勝つためには、まず、敵を作り、そいつらを叩いている姿がプロパガンダになる。

敵の一つは中国で、もう一つはオバマと民主党だ。どちらも愛国心を煽ればいい。国民がこのままじゃヤバイと思う状況を作り出す。武漢発生説にトランプがこだわるのもその行動の一つ。ファーウェイの排除もこの流れの一つ、ここにはイギリスとオーストラリアも引き入れている。日本や韓国にも裏で力を合わせろという命令が出ているだろう。中国を包囲するのが目的じゃない。アメリカ国民の目を背けさせることが目的だ。中国もアメリカと本気で戦争は出来ない。だから、香港でもいい。チベットでもいい。ホルムズ海峡でも、北朝鮮でもいい。大やけどしない程度の、時期としては夏以降、9月から10月くらいにかけてどこかで揉め事を起こさせ、アメリカ軍がそれを消しに行く。

地域紛争になると、地域の不安定化が加速し、軍需産業が儲かるので、アメリカの経済は回復する。ボーイングなんかも復活出来る。コロナ世界大戦だ。戦時下にあるとだいたい歴史的に見て現政権が強くなる。しかしトランプは新型コロナには勝利出来そうにない。

なので彼の選択肢は二つしかない。一つは11月までにワクチンを開発することだが、これはちょっと不可能なので、ということは戦争がリアリティを増す。大規模な戦争じゃない。自分たちのリスクを持たない局地戦だ。アメリカの分かりやすい有権者はトランプを選ぶだろう。暴走するアメリカを止める国はいない。コロナによる経済不振のせいで、どこも自国の問題で手一杯な状態だからだ」

アドリアンは口元を緩めた。

「こうならないことを、俺は本気で祈っている」

## Posted on 2020/06/01

某月某日、テーブルとテーブルの間は1m空けないとならなくなったので、カフェのムッシュたちがメジャーを使って、テーブルの社会的距離（ソーシャル・ディスタンス）を測っているニュースが流れていたけれど、かなり滑稽だった。ただでさえ狭い路地に突き出したテラスを1m間隔にしたら、いったいどれくらいの客を収容出来、どのくらいの利益になるというのか。ギャルソンに給料を払えるだけの利益を得られるのだろうか？　しかも、そのカフェの社会的距離（ソーシャル・ディスタンス）はいつまで続くのだろう？

パリのカフェと言えばぎゅうぎゅう詰めのテラス席が売りだったのに……。ここでも新しい変化が訪れることになるのだろうか。

日常が戻ってきつつあるけれど、これは以前の日常とは違う。明らかにかつてのパリではなくなっている。握手やハグやビズ（頬と頬を付ける欧州の挨拶）をしている人をもう一切見かけなくなった。だんだん、緊張感は薄れているけれど、警戒心が消え去ったわけじゃない。一応、抑え込んだというところだから、夏にかけて、人々が街に戻ってくると、再び若い人たちの中から感染が広がっていくのかもしれない。最近は深夜遅くまで若い子たちが外で盛り上がっている。明日以降、さらに多くの人が外出するだろう。

日本もきっと緊急事態宣言が解除されて、久々の外出を楽しんでいるのだと想像をする。仕方ないことだと思う。ずっと籠って生きていくことは出来ない。ぼくも明日、さっそく、知り合いのカフェのテラス席でビールでも飲んでみようと思っている。

ギャルソンはマスクを義務付けられているし、客も席を立つ時、たとえばトイレに行く場合などはマスクをしないとならない、らしい。いやいや、不思議な世界になったものだ。パリの絵が変わる。

ぼくは今日、新型コロナを主題にした長編恋愛小説『十年後の恋』（集英社）を書き上げた。編集部に原稿を送ったのだけれど、とっても奇妙な作品に仕上がった。新型コロナの時代に人がどうやって愛を深めていくのか、という物語である。読者のみなさんの心に、新しい愛の形を届けられるかどうか、作家の腕も試される。

## Posted on 2020/06/05

某月某日、ヒトナリ、君はなぜ、あんなにコロナを怖がってしまったのだろうね。君の怖がり方は尋常じゃなかった。カッコ悪くて、日記には書けなかったことがあったよね？

ロックダウンが始まり、少ししてからのことだ。無症状の感染者からも感染するというニュースが出回った日、学校に行った子供を媒介にして親に感染する可能性があると分かった頃、ワクチンもなく、特効薬もなく、テレビでは感染症の医者たちが敗北宣言を繰り返していた時期、どうやってももう予防出来ないと思ったあの瞬間、君はまさに地球に隕石がぶつかるのを待つくらいの絶望感の中にいた。パリはロックダウンに突入していたし、感染者、死者数はうなぎのぼりだった。しかし、今の君はもう怖がっていない。それは新型コロナのことを知り尽くしたからかもしれない。

ロックダウンが解除された直後、君は自分の周辺でコロナに罹った人や、コロナで亡くなった人を探し回った。すると、亡くなった人はいなかった。罹った人はいたけれど、全員、ほぼ無症状だったのだ。正直、風邪よりも厳しくなかった。フランスは世界で5番目に死者数の多い国だし、フランスの中でもパリは最も感染者の多かった都市だった。でも、ヒトナリ、君の知り合いで死んだ人はいなかったんだ。君の周りに入院した人や、重篤になった人は一人もいなかった。

フランス全土で3万人ほどの人が新型コロナで亡くなっている。君はこの数字に怯えてきたけれど、人口約6700万人のこの国で3万人の死者に自分が入る確率って、どのくらいだろうと君は計算をした。交通事故で亡くなる人や、他の病気で亡くなる人よりも突出して多い数字だろうか、と疑問を持った。死者数はすでに頭うちで、ぐんと減じている。集中治療室のベッド数にも余裕が出てきた。何よりお医者さんたちは十分な経験を積んで、もはやフランスの、いや世界の医療従事者たちはスペシャリストである。つまり、このウイルスはある意味、制圧されつつあるのだ。

そして、ついに、君は大きな仮説を持った。アジア人は罹っても重症化しない、という医学的根拠はまだ分かっていないけれど、世界中で広く語られている仮説を信じ始めた。実際、君は調べた。日本だけじゃなく、ベトナム、タイ、インドネシア、香港、台湾、韓国、ミャンマー、マレーシア、ほぼ全ての東アジア、東南アジアの国々は欧米に比べて驚くほどに死者数が少ない。君は計算機を叩いた。そこには200倍以上の開きがあった。ベトナムは死者数0なのだ。タイは58人なのだ。新型コロナの発生国、中国だって人口における割合からすると日本と変わらない少なさで、欧米、ロシア、南米などの感染爆発地域と比較すると、恐れる数字ではない。ウイルスの型が違うという説もあったけれど、あらゆるウイルスが出回った今は、そういう理由だとももはや思えない。少なくとも、ヒトナリ、君は思いたくないみたいだね。

「ツジー、君が羨ましいよ。アジアの人たちが羨ましい。君は僕たちとジェーンが違うんだ。それが死亡率に現れている」

と今日もギャルソンのアントワンヌが君に言った。これは今現在、ほとんどのフランス人が持っている意見だ。その時の君の安堵するような顔が忘れられない。ジェーンというのは遺伝子のことだ。そうだ、遺伝子が違うのだ、と君は息子を摑まえて、力説し始めていた。

「パパ、エヴィデンスを示してよ」

息子の言う通りだけれど、実は、君が正しい。今は、そういう風に考えることが大事な時期なのだということだ。エヴィデンスよりも、希望が君たちを救うだろう。


ロックダウンは解除されたが、多くの人がマスクをするようになったこと、そして、手洗い、消毒を日々の習慣にしていること、社会的距離（ソーシャル・ディスタンス）をしっかり取るような社会になったこと、が感染の拡大を抑止しているのも事実だし、クラスターが起きても周辺の徹底したＰＣＲ検査と隔離政策で拡大を防ぐ体制も整いつつある。

結局、君は、自衛さえしっかりやっていれば罹る可能性は低くなるし、アジア人であれば重篤化をするのはレアケースだと結論付けた。薄く罹って症状を悪化させず、抗体を持てばいいと思うようになってきた。これは友人の哲学者アドリアンの受け売りだけれどね。そのための予防策は誰よりもしっかりやっている。何よりも、一生懸命勉強してきたことで新型コロナと共生しながらもやっていける方法、というよりも自信を君は身に付けることが出来た。ここまで警戒し用心している自分が罹るわけがない、という自信だ。最前線のパリで無事に生き抜いた経験の力もあるだろう。だから、今日、君は日本の友だちにこうメッセージを送ったのだ。

「未だにコロナを恐れているのかい？　恐れるのは大事だけれど、恐れ過ぎると心をコロナにおかされてしまうよ」

君は今日も警戒しながらカフェに行き、社会的距離（ソーシャル・ディスタンス）が保たれたテラス席でマスク姿のギャルソンと冗談を飛ばし合った。君は笑顔だった。

僕はホッとしているよ。神経質になり過ぎて、家から出られなくなったら、新型コロナに罹る前に精神が壊れていただろう。みんなが家に閉じ籠ったら世界は回らなくなる。きちんと警戒し、恐れながら、予防措置を講じていれば、怖がることがないことを君は知ったのだ。僕はそれでよかったと思っているよ。ヒトナリ、笑顔を忘れないように今日も君らしく生きてほしいね。グッドラック。

## Posted on 2020/06/06

某月某日、ぼくは爆発しそうになる。毎日毎日、どうしてこんなにやらないとならないことばかりなんだ。掃除機をかけ、窓を拭いて、棚やテーブルを拭いて、重労働である。洗濯は全自動洗濯機がやってくれるけれど、パンツやシャツを畳んで仕舞うのが大変だ。主婦（主夫）仲間のみなさんには分かるだろうけれど、畳んだ服を棚に戻すのが本当に面倒くさい。料理を作るのはまぁ好きだけれど、洗い終わった食器を食器棚に片付けるのが本当に苦手だ。そして、こんなに働いているのに家族から「ありがとう」と言われることはない。報われない人生なのだ、主夫（主婦）というのは……。

毎日毎日、ご飯を作るのだけれど、それが当たり前みたいに思っている家族に腹が立つ。「ごちそうさま」と言ってくれるけれど、父親がご飯を作るのが当たり前みたいになっていて、ちょっと違うだろ、と言いたくなる。美味しかったら「やっぱり、パパの料理は美味いね」と一言褒めてもいいんじゃないの？　父の日さえ忘れられている。ぼくだって生きているんだと言わせてほしい。

ご飯を作ったり、掃除したり、洗濯したり、買い物に行くのは仕方がないにしても、父ちゃんだって生きているんだ、どうしたらいいんだ、と言いたい。その上、ぼくは仕事をしないとならない。ぼくはいったいどこで息抜きをすればいいんだ。その上、コロナだ。何がコロナだ、可愛い名前付けやがって、もっと憎々しい名前にしてほしかった。せやろがい！　何が「ＷＩＴＨコロナ」だ、ラブソングじゃないんだ、どこの馬鹿タレだ、こんなラブリーキャッチコピー考えた奴は、ぼくはＷＩＴＨコロナなんて認めたくない。早くこの地球から姿を消してくれ。ぼくが言いたいのは週末なのに、なんで父ちゃんには休みがないのかってことなんだ。ぼくだって、生きているんだよ。

世界中にいる主婦（主夫）のみなさん、あなたたちは素晴らしい。ぼくが代わりに褒めます。毎日毎日、家族が脱ぎ散らかした服をかき集め、洗濯をし、掃除機を担いで部屋の隅々の埃をとって、買い物籠をぶら下げて買い物に出掛けて、人知れず5時からセールに並んで、誰にも感謝されないのに料理をして、食べ終わった食器を黙々と片付けて、本当にあなたは偉い、主婦（主夫）の鏡です。お疲れ様、と言いたい。自分にも言いたい。なんで家のことは主夫（主婦）だけがしないとならないのか、不公平だと思う。世の中は不公平だ。不条理だ。

そんなぼくの愉しみは、掃除の後の一杯のコーヒーだったりする。なんか甘いものを買っといて、チョコとか、冷凍のケーキとかこっそり、掃除の後にキッチンで一人「お疲れ様会」をやる。コーヒーがなかったら、ぼくは爆発していたと思う。カフェに行くともっと癒される。ロックダウンの間はこれも出来なかった。ぼくは買い物の途中にパン屋に立ち寄り、甘いものを一つ買う。密かな愉しみだ。そして、夕食を作りながら、冷えたビールを飲むのも密かな愉しみである。ポテトチップスなんかを齧りながら、よく冷えたビールをぐいと飲む時の爽快感と言ったらない。そして、昼ご飯を食べ終わり片付け終わりでベッドにごろんとする時の至福、これは本当に最高の瞬間なのである。ランチと仕事の合間の午睡はぼくを幸せにしてくれる。僅か10分ほどの昼寝だけれど、自分で換えた新しいベッドカヴァーに顔を擦りつけて、笑顔でぬくぬく、眠りに落ちるのが父ちゃんの1日でいちばん好きな瞬間なのだ。新しいベッドカヴァーに顔を擦りつける時のこの幸せな一瞬が分かる人、お疲れ様です。ちゃんと神様は見ているからね、頑張りましょう。

## Posted on 2020/06/18

　某月某日、今日は朝から絶不調で全く起き上がれなかった。鬱というわけでもないのだけれど、根本から力が出ない。ベッドから出られない。ご飯も作れないので、隣の部屋にいる息子に「動けないから、自分でなんか作って食べて」とSMSを送った。眠いわけじゃないし、目は覚めているのだけれど、気力というものが出ない。

　エッセイの締め切り日なのだけれど、書くことさえ思いつかない。毎日、起きたら日記を書くのが日課なのだけれど、本当に珍しいことに、何を書いていいのか分からない。どうしていいのか分からないのだ。だからといって、誰にも励まされたくはない。相談したくもない。こういう時は何も考えちゃいけないと思って横になっていたのだけれど、何も楽しいことはない、自分はもう若くない、あの頃にはもう戻れないんだ、とか悲観的なことばかり考えてしまう、なんだか、よくない方へずるずると引き込まれていく。なんだ、この負のエネルギー。とにかく自分らしくないのである。

「今、あなたは人生が楽しいですか?」

　と、どこからか声が聞こえてきた。ぼくは仰向けになり、天井を見上げた。窓から差し込む光が天井を彩っていた。ぼくはいったい何が楽しいのだろう、と思った。ぼくの喜びは何だろう、と自問をした。すぐには思いつかなかった。昔は野心があったし、欲しいものがあった。自分は今、幸せじゃないのかもしれない、と気がついた。そうだ、それだ、と思った。人のことばかり励ましてきたけれど、自分はどうなんだ、と思った。

そういえば昔、たくさんあった欲望が今はない。食欲も、性欲も、出世欲も、消えてしまっている。

「今、あなたは人生が楽しいですか？」

これはどういうメッセージだろうと思った。人生の楽しみってみんなどうやって見つけているのだろうと思った。残った力で携帯を摑み、「今、あなたは人生が楽しいですか？」と数人の知り合いに送ってみた。1時間しても誰からも返事が戻ってこなかった。「辻が危ないことになっている」と思われたのかもしれない。こういう質問に「楽しい、最高」と答えられる人間なんていないのかもしれない。ぼくはぐずぐずしていた。ベッドで寝返りを打ち、違う違う、と考えてしまった。携帯の電源をオフった。

夕方、息子がドアをノックしてきた。

「パパ、晴れてるから、散歩でもしたら？」

少し、身体が動くようになったので、確かに快晴だし、息子の言う通り、外出しようと思った。少しずつ、我が街もロックダウン以前の活気を取り戻しつつあった。閉まっていた店もほとんどが再開を果たしていた。３ヶ月ぶりにクリストフの店が開いているのを発見した。おおと思った。ロックダウンになる前まで、ぼくはとにかくクリストフの店で毎朝コーヒーを飲むのが日課だった。クリストフは日本で働いた経験もあり、ちょっとだけ日本語を話す。「お元気ですか?」「美味しいですか?」「あなたのお名前はなんていいますか?」。３月17日以降、ずっと会っていなかった。あの日、不意に世界が閉じたので、連絡先も知らないし、音沙汰もなかった。近寄り、中を覗くと、カウンターの中で働くクリストフがいた。ああ、懐かしい。すると、クリストフがぼくに気がついた。次の瞬間、満面の笑みを浮かべ、

「お元気でしたか〜」

と日本語で叫び声を張り上げた。お客さんが一斉にぼくを振り返った。そして、クリストフがカウンターの中から飛び出してきたのである。まだみんな社会的距離（ソーシャル・ディスタンス）を取らないとならない時期だというのに、彼がぼくの肩を叩いて、手を差し出した、ぼくもその手を握りしめていた。涙が溢れそうになったけれど、ぐっと我慢をした。

「おめでとう、待ってたよ」

とぼくは言った。

「嬉しいな、また会えて、嬉しいな。僕は嬉しいんだ。ここに戻って来れて。またみんなのためにコーヒーを淹れたり、料理を運んだり出来ることが」

クリストフが笑顔で、本当に満面の笑みで、今、こうして、ここにいて、仕事が出来ることを

喜んでいると力説し始めた。3ヶ月、家で息子と漫画ばかり読んでいた、と彼は言った。最初はロックダウンもよかったけれど、働かないでも国から補償して貰えたし。でも、そうじゃないんだ、そうじゃなかった、と彼はもう一度はっきりと言った。

「こうやって、働いて、大変でも、きつくても、食事をサーブして、皿を洗って、みんなと天気のことやスポーツの話をして、終わったらビールを飲んで、常連のあなたたちとこうやって握手をして、そういうことが自分の幸福だったことに気がつくことが出来たんですよ」

ぼくは瞬きさえ出来なかった。目を見開き、この男を見つめた。今、クリストフが喋っていることが、ぼくが探し求めていた答えだったからだ。そこで、ぼくは小さな声で彼に訊いてみた。

「今、あなたは人生が楽しいですか？」

クリストフはきょとんとした顔をして、ぼくの顔を覗き込んだ。数秒の真空が生まれた。次の瞬間、クリストフが大笑いをして、ぼくの肩をバンバンと叩いたのである。

「ああ、今が最高だよ、人生が楽しい。僕は今、人生が楽しくてしょうがないだ」

クリストフに肩を抱きしめられて、店の中へ入り、常連たちの真ん中でビールを飲んだ。とっても美味しいビールだった。クリストフがいて、オーナーのジャン・フランソワがいて、給仕のステファニーがいて、名前は知らないけれど、この辺の常連たちがいて、そこにぼくの場所もあって。そうだ、その時、ぼくは幸せだった。

幸福とはこういうものだ、とぼくは思った。

## あとがき

この本の出版依頼は、フランスのロックダウンが解除された直後に一通のメールからであった。ＷｅｂサイトマガジンDesign Storiesで日々連載していた日記を一冊にまとめたい、というのだ。最初は7月には出したいと言われて、ひと月ちょっとしか時間がなく、通常の出版速度からすると不可能なスケジュールだったので、無理でしょう、と戻した。でも、出版社が用意したゲラを読み返しているうちに、書いていた時には気がつかなかったことがそこに残されていることに気がつく。一言で言うならば、このようなパンデミックの時代を生き抜く「人間の心構え」であった。そして、フランスがロックダウンを解除した後も、日々、世界中の感染者数は新記録を更新している。ここに来て、日本では再び感染者数が増え始めて、第二波到来と言われる事態になってしまった。ぼくがロックダウンの最中に考えていたことが、もしかしたら、これからも続く新型コロナ禍の時代に役立つかもしれない、と思うに至った。

ぼくは２０２０年の3月17日から5月11日までの約２ヶ月間、パリでロックダウンを経験した。ぼくの人生の中でも初めての経験だったし、世界を引率するリーダーたちも、医師も、科学者も、軍人も、誰一人それまで経験した者はいなかった。ぼくも、まさか、生きている間にこんなことを経験するなど、想像したことさえなかった。しかも、ぼくは16歳の息子とここパリで制限下を生き抜くことになった。それまであった日常がいきなりストップし、商店も、カフェも、レストランも閉鎖され、地下鉄も動かなくなり、市民は外出制限、移動制限を受け、当たり前だった価値観が一変したのである。驚くべき状況下でぼくは新たな現実を目撃することになる。

本書は、そのロックダウンの最中に作家であるぼくが感じ、行動し、思った日々の記録なのだけれど、それは同時にこの新型コロナウイルスとの果てしない戦いを乗り切っていく上で、とっても需要なことを含んでいる。ぼくが息子と培った経験は、第二波ともいえる新たな感染拡大の中にある日本や日本人にとって、もしかすると役立つことかもしれない、と思うようになった。そして、緊急出版の申し出をようやく許諾出来るに至った。

ぼくの目撃は、ロックダウン直前からスタートし、ロックダウン解除後の世界まで続いている。日記形式で書かれているけれど、どこか小説のようでもある。ぼくと息子の日本人父子がパリで経験したことが、ドキュメンタリー映画のように切り取られている。価値観の変更、異常事態をどう受け止めるのか、絶望から希望を取り戻す方法、親子で力を合わせてこの状況を乗り越えようと頑張った毎日、その精神の葛藤など、を必死で書き留めていたのである。ぼくは書くことで希望を手に入れようとしていたような気がする。このような苦難の時代だけれど、毎日、ぼくは間違いなく生きることの意味を探し、見つけようとしていたように思う。ぼくはその時も、その瞬間も作家だった。ワクチンの開発はなかなか難しいものがある。しかし、この言葉たちが生き難い感染症の時代を生き抜く特効薬になれば、と思ってやまない。この一冊を手に取って下さった方々が、大事な日常を放棄しないよう、本書が寄り添えられれば、と願ってやまない。なぜ、生きているのかと考えるのが今かもしれないのである。

**著者紹介**

**辻 仁成**（つじ・ひとなり）

1989年「ピアニシモ」で第13回すばる文学賞を受賞。以後、作家・ミュージシャン・映画監督・演出家と文学以外の分野でも幅広く活動している。1997年「海峡の光」で第116回芥川賞、1999年『白仏』の仏語翻訳版「Le Bouddha blanc」でフランスの代表的な文学賞「フェミナ賞・外国小説賞」を日本人として初めて唯一受賞。著作はフランス、ドイツ、スペイン、イタリア、韓国、中国をはじめ各国で翻訳されている。『冷静と情熱のあいだ Blu』『サヨナライツカ』『人生の十か条』など著書多数。パリ在住。

Webサイトマガジン「Design Stories」主宰
https://www.designstoriesinc.com/ →

Twitter：@ TsujiHitonari

Photo by 辻仁成

なぜ、生(い)きているのかと
考(かん)えてみるのが今(いま)かもしれない　〈検印省略〉

2020年 8 月 29 日 第 1 刷発行

著 者――辻 仁成（つじ・ひとなり）
発行者――佐藤 和夫

発行所――株式会社あさ出版
〒171-0022 東京都豊島区南池袋 2-9-9 第一池袋ホワイトビル 6F
電 話 03 (3983) 3225（販売）
03 (3983) 3227（編集）
F A X 03 (3983) 3226
U R L http://www.asa21.com/
E-mail info@asa21.com
振 替 00160-1-720619

印刷・製本 神谷印刷（株）

facebook http://www.facebook.com/asapublishing
twitter http://twitter.com/asapublishing


ISBN978-4-86667-224-3 C0095